麥斯・范德葛林 著　洪清怡 譯

目錄

推薦文

台灣青少年需要《少年鱷魚幫》這樣的偵探小說

中央大學認知神經科學研究所所長　洪蘭

台灣閱讀推的最成功的是小學，尤其是低年級，但是到了高年級以後，閱讀的學生就越來越少了，仔細觀察發現，除了準備基本學力測驗剝奪掉孩子閱讀的時間之外，可以給高年級以上孩子看的書也實在不多。許多大人覺得孩子已經會閱讀了，現在可以給他們看「有用」的書了，孰不知閱讀一變成要考試的有用東西就無趣了！孩子就不愛讀了。

閱讀應該是「悅」讀，我曾去書局找像美國青少年看的《神探南茜》（Nancy Drew）和《哈迪兄弟》（Hardy Boy）這類的偵探小說，結果都沒找到。我記得兒子小時候非常喜歡看《哈迪兄弟》，全套都買齊，天天看，還講給同學聽。要搬家回台灣時，精裝本的《哈迪兄弟》實在很重，我想把它捐掉，他哭鬧不肯，一定要帶回台灣來，那時他才小學三年級，他一直看到《哈利波特》出來才不看。這兩個系列都是專門為青少年創作的偵探小說，美國許多青少年認同他們、模仿他們，我孩子以前跟我上超市時，常常悄悄跟我說：「媽媽，那個人很像《哈迪兄弟》裡ＸＸ集中的壞人……」他在看書時，會想像書中的情境，也很自然的把人物描寫的技巧學起來。他也會模仿書中人物的說話方式：「不要騙我，我不是昨天才出生的。」（Don't lie to me, I wasn't born yesterday.），令人忍俊不住。

偵探小說屬懸疑（mystery）小說的一種，在破案的過程中，需要抽絲剝繭，它一方面訓練孩子的觀察力，一方面訓練推理能力，每一集都有好幾個嫌疑犯，每一個人都有一些符合兇手的特徵，寫的好的時候，連大人都會想拿起來看。據說柯南道爾把《福爾摩斯》寫的跟真的一樣，竟有觀光客到倫敦真的去找貝克街福爾摩斯的家。所以在推台灣的青少年閱讀時，我一直遺憾沒有多一些像這樣的書可供我們選擇。

因此【少年天下】書系的《少年鱷魚幫》出來時我很高興，希望它是一個開始。書中的主角其實是個終生坐輪椅的少年——庫爾特，作者說他有一個殘障的兒子，這書就是為這個兒子寫的，很令人感動。作者透過庫爾特的嘴教導孩子如何跟殘障的同伴一起玩，也透過庫爾特告訴其他孩子，當你坐在輪椅中時，你被訓練的有耐心，你必須等待別人有空來推你出去玩，你無法心急。原來人的耐心是這樣被訓練出來的！能跑能跳的孩子真的要感恩。

庫爾特晚上睡不著時，就坐在窗旁看外面，當鎮上發生偷竊案時，窗邊的庫爾特就是第一個發現壞人的人。那一段很像一九五四年金像獎電影《後窗》：詹姆斯·史都華（James Stewart）腿斷了，躺在床上休養，窮極無聊，用望眼鏡看對面公寓人家，正巧看到兇殺案，但他就像庫爾特一樣，無法行動，只好靠女朋友葛麗絲·凱莉（Grace Kelly）來幫忙。我們看到頭腦那樣清晰、思考一流，身體卻被綁在輪椅中不能動的孩子，才真正了解什麼叫「心有餘而力不足」，令人徒呼負負！

書中設計了一個兩難情境，鱷魚幫的一份子——法蘭克的哥哥正是竊賊，你該報警檢舉他嗎？這些孩子陷入長考，但是他們做了一件對的事，就是在討論要不要告發法蘭克哥哥時，堅持法蘭克在場，這是面對問題的勇氣，是很對的行為。我們要教孩子不在別人背後嚼舌根，有什麼話當面講明白。所以他們決定不告訴警察是誰偷的，只帶警察去取贓物，但是當無辜的義大利外勞的孩子被控訴是小偷時，他們就必須站出來了，因為親情是一回事，讓無辜的人頂罪、抓去關又是另外一回事。

書中描寫德國小鎮的經濟不景氣，大人失業，工廠關門，家庭氣氛低沉，這個沒落小鎮一直使我想起台灣的鄉鎮，非常擔心台灣再不振作，以後會像菲律賓一樣，家長只好出外去作台傭，看這書早一點把憂患意識帶給孩子也是好事。

大人出外討生活，漫長暑假，孩子做什麼好？書中寫的，台灣也有同樣的問題。書中孩子們搭樹屋，自己做聚會的場所，我們的孩子連地方都沒有，只好上網咖。其實我們很需要提供青少年一個正當的聚會場所，讓他們可以在那裡和同儕切磋。在原住民部落中，都有個專門聚會用的屋子，中間凹下去可燒火烤肉，部落的年輕男性聚在那裡，接受耆老的經驗和教誨，是個文化傳承的地方。

年輕人活力充沛，如果不要他們鬧事，我們應該提供發洩精力的地方，年輕也是大腦學習最快的時候，如果要他們成材，就要提供學習生活經驗的場地和機會，看到書中的鱷魚幫，想想我們的補習班，說不定該看這本書的是我們大人了。

推薦文

每個孩子都應該有「鱷魚幫」的經驗

國家教育研究院研究員　吳敏而

十歲的時候，住在香港的半山，家對面有個荒廢已久的山坡地，我和表弟叫它「爛地」，在那裡建立我們的祕密基地，在裡頭練功、談天說地、觀看世界、尋找社區的可疑人物，可惜從來也沒破案。

在同一時段我也迷上了偵探故事，從英國兒童文學作家伊妮德・布萊頓（Enid Blyton）的《祕密七人團》（Secret Seven）和《五小冒險》（Famous Five）偵探系列，過渡到《神探南茜》（Nancy Drew）系列，後來又看回到英國作家阿嘉莎・克莉絲蒂（Agatha Christie）和柯南道爾（Sir Arthur Conan Doyle）的推理小說，但是對我影響最大的仍是童年時的《祕密七人團》，它是兒童版的金庸小說。

我認為每個孩子都應該有類似「祕密七人團」或「鱷魚幫」的經驗，跟著一群朋友在自己建立的祕密基地做白日夢，暫時擺脫成人的價值觀和規範，自行判斷世事的正義和公平，試著跟惡勢力對抗，練習思辨道理和說明想法的技巧，重新建立世界的真善美。

昔日的爛地已是二十多層樓的豪宅，聯絡感情的時間也被補習班佔據了，幸好還有偵探故事陪伴我們的孩子成長！期盼出版社繼續努力挖掘優質的作品，出版更多能引起少年共鳴的好看故事。

推薦文

滿足少年冒險探索的內在需求

中興大學外國語文學系副教授　**劉鳳芯**

《少年鱷魚幫》是一本容易入手、卻不易釋手的中篇小說。開卷容易，是因為文字和篇幅不顯壓力，讀完第一頁，便很容易讓人想要一氣呵成看完；掩卷不易，則是因為節奏緊湊、行文俐落、但又不失細膩。由於作者對文字的掌握純熟老練、對情節的鋪陳收放得宜，使得本書充滿魅力。閱讀作者資料，方知范德葛林先生的創作也兼及廣播和舞台劇本，我想是這些書寫經驗，練就出作者說故事的好功力。

在敘事層面，此書有兩個非常鮮明的特色。首先，作者擅長經營對話；透過對話，作者不僅寫活鱷魚幫每位少年有稜有角的個性，也刻畫出不同家庭相異的親子互動，引發讀者進一步窺探家私的好奇。第二，作者採用電視情境劇的作法安排情節，亦即讓甲乙雙方藉著對話先發展出一段情節，然後懸置結論，迅速將焦點切換至人物丙和人物丁，此一安排讓情節轉換靈活，讀者因亟欲知道後情，讀來自然欲罷不能。

此書創作於一九七六年的德國，那是一個東西兩德依然分治、書中小孩的爸媽仍領著馬克、德國傳統重工業逐漸沒落、祖克伯還沒出生，因此少年的課後與假期時間還可以悠閒蓋樹屋、找基地、在街上成群騎車、到廢棄工廠冒險探索的年代。書中少年的成長環境或許距今有點距離，但不變的是童年探「險」和試探邊界的本質。書中生動描寫小主角們如何進行一次又一次福禍旦夕、輸贏未卜的下注與嘗試。故事開始，年紀最小的漢納斯為了爭取變成「鱷魚人」，不計後果冒險攀爬老舊屋頂；輪椅少年庫爾特也想加入鱷魚幫，但他無法以此方法取得入會資格，只能嘗試以其觀察分析能力贏得同儕認同；特歐冒險帶領鱷魚人通過車輛川流不息的聯邦公路，雖平安過關，但過程驚險異常；奧圖以一邊倒立一邊騎腳踏車的絕技在鱷魚幫取得一席之地，但看在旁觀者眼中，簡直是攀登鋼索走童年。

書中少年這些涉險之舉，讀來固然讓大人頻拭冷汗，但孩子在突破、挑戰界線之際，也同時在測試自己的能耐、證明自己的價值、認識周遭環境，甚至可以說，少年鋌而走險，是基於生存必須——比方對庫爾特來說，父母的關心固然可貴，但這時期的他，更迫切需要同儕的友情來肯定自己輪椅青春的意義。換言之，探「險」，既是人類的本能趨力、亦是童年的活力所在，而後者恐怕也正是最令大人欽羨、嚮往的童年魅力。書中對於這些少年勇於試探邊界之舉給予極高的肯定，也是此書吸引人之因。

除了探險、涉險，鱷魚幫這群少年還不斷突破禁地（禁止進入的磚瓦廠）、挑戰權威（以戲謔手法抗議迷你高爾夫球場老闆對身障者的歧視）。但書中衝擊性和衝突性最強者，莫過這群少年對於倫理議題的思索以及對於種族成見的反省：當家人有過，或公義與友情產生衝突，應該如何取捨？對不同族裔人種的印象與判斷，如何不受主觀成見干擾？關於前者，小說的刻畫非常細膩，不僅讓我們看到法蘭克在友情和親情間的掙扎，也看到鱷魚幫其他成員對法蘭克所釋出的同理心。至於族裔問題，鱷魚幫少年展現就事論事的理性，他們以充分的證據取代情緒性的臆測，並勇於撥正視聽，還外來移民清白。

本書值得推薦少年閱讀，也適合親子或師生討論。此外，德國於二〇〇九年推出全新電影版，在原書固有的情節架構上，將時空背景更新至當前社會，使這個故事更能與時俱進，也值得對照比較。

◆ **特歐**

不論春夏秋冬，總是戴著一頂蘇格蘭帽。渴望和鱷魚幫成員到處去冒險，可惜常得回家照顧妹妹。

◆ **彼得**

個性善良，不過常被其他鱷魚幫的人嘲笑，因為他只要一激動，就會拚命挖鼻孔。

◆ **威利**

有著一頭金色長捲髮，除了喜歡撥自己的頭髮之外，也是全市少年組游泳賽的常勝軍。

◆ **奧圖**

喜歡騎腳踏車時表演特技，最厲害的本領就是一邊倒立一邊騎腳踏車。

◆ **魯道爾夫**

總是隨身攜帶一把帶鍊的折刀，擁有一台鱷魚幫成員夢寐以求的高級法國腳踏車。

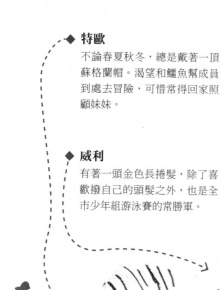

鱷魚幫成員

◆ **歐拉夫**

「鱷魚幫」的老大，年紀最大，擅長做決策和發號司令，是鱷魚幫不可或缺的靈魂人物。

◆ **瑪莉**

「鱷魚幫」唯一的女生。因為她是歐拉夫的妹妹，大家才讓她入幫。個性體貼、心思細膩，遇到危險也最冷靜鎮定。

◆ **漢納斯**

年紀最小，渴望獲得鱷魚幫少年的認同，卻差點惹禍上身。具有強烈的正義感，最先和庫爾特成為朋友，並力挺朋友入幫。

◆ **庫爾特**

小時候因為意外，導致下半身癱瘓，只能整天坐在輪椅上。雖然他的雙腳無法行動自如，卻有常人所沒有的敏銳觀察力，在破案的過程中扮演重要的關鍵角色。

◆ **法蘭克**

綽號叫「猴子」，因為他很會爬樹。仗著爸爸是工廠裡的工頭，喜歡欺負弱小，還有一個名叫「艾恭」的哥哥。

第一章　試膽大會

「你根本不敢！你這個膽小鬼！」鱷魚幫老大歐拉夫大喊著。鱷魚幫的成員接著同聲附和：「膽小鬼！膽小鬼！」

只有歐拉夫的妹妹瑪莉沒有跟著起鬨。她十三歲，比歐拉夫小一歲，因為太過擔心漢納斯的安危而不敢往上看。

在通往屋頂的十公尺直梯下方，九個鱷魚幫成員圍成了半圓形，興奮的望著慢慢往上爬的漢納斯，他們正在進行試膽大會，這是加入鱷魚幫的必要條件。他們戲稱漢納斯為「銀河系」，因為他的臉上布滿了一點一點的雀斑。漢納斯的臉上充滿恐懼，他覺得一陣頭暈目眩，可是他想證明給其他年紀比他大的男生看，他想證明自己雖然只有十歲，卻和其他通過試膽大會的成員一樣勇敢。

漢納斯害怕的抓緊生鏽的防火梯，根本不敢往下看。

「下來吧，你根本就沒膽，你這個軟腳蝦！」歐拉夫又大叫了一聲，其他男生縱聲大笑。

漢納斯小心翼翼摸著搖晃的防火梯，一步一步往屋頂爬。牆上固定的螺栓已有多處斷裂，當他爬得愈高，梯子就晃得愈劇烈；好幾個階梯也生鏽不堪，彷彿隨時有垮掉的危險。漢納斯不敢往下瞧，只盯著上方的屋頂，朝著眼前的目標邁進。

當漢納斯終於到達屋頂的高度時，他首次往下看，卻覺得眼冒金星，只好趕緊把眼睛閉上。十公尺的確有一段距離。他不想驚聲尖叫，所以用力咬緊牙根，咬得兩頰都痠了。

然而他現在只通過試膽大會的第一關。想要過第二關，就必須再爬上屋頂，然後在屋脊上舉起雙臂大喊「鱷魚」，才可以下來。

「快！不要停！爬到屋頂上！」歐拉夫喊著。

「別害怕，銀河系！」法蘭克叫道。

瑪莉輕聲對她哥哥說：「別再叫他爬了，他會摔下來。」

可是漢納斯已經從防火梯爬向屋頂的排水管，接著爬上了屋頂斜面。他趴在那裡，朝著上方的屋脊緩緩蠕動。他一邊用手掌抵著屋瓦，托著身體往上挪動，一邊用兩腳找尋支撐點。經年累月下來，許多瓦片已經風化腐蝕，在上面攀爬並不安全，他只能以蝸牛的速度戰戰兢兢的費力前進。有時就在他以為找到平衡點時，手掌下的一塊屋瓦卻忽然脫落，重重砸在地上。嚇得他趴在原處，動也不敢動。

最後他終於爬上了屋脊。

他氣喘吁吁的趴著休息幾分鐘，接著小心的挺身坐起，舉起雙臂大喊：

「鱷魚！鱷魚！我做到了！」

在下方的鱷魚幫少年也對他高喊：「耶！你是鱷魚幫的新成員了！銀河系，下來吧！你是鱷魚幫的新成員了！」

歐拉夫也大喊著：「幹得好，酷斃了！」

可是站在他旁邊的妹妹又小聲說：「他一定會摔下來。」

「笨女生，」歐拉夫咬牙切齒的說：「閉嘴，你懂什麼啊！」

法蘭克也對她說：「你不必爬上屋頂就可以加入鱷魚幫，還不就因為歐拉夫是你哥！」

這座荒廢多年的舊磚瓦廠，離他們所有人住的鸚鵡社區有兩公里遠，儘管這裡立著禁止進入的告示牌，他們偶爾還是會來這裡玩耍。磚瓦廠的外觀慘不忍睹，舊辦公大樓的玻璃窗早就碎裂，牆壁也已腐朽，屋頂破洞連連，只要狂風怒吼或者一場大雷雨來襲，屋瓦就會被掀掉砸碎在地上。在這裡玩耍一點也

不安全。這些廠房在好多年前就該拆除，據說原本要蓋一座超級市場，誰知至今仍未動工。鱷魚幫少年因為找不到其他適合活動的地方，只好來這裡。大人禁止他們在社區的前院和後院玩耍，若是在街上活動更危險。如果他們真的到院子裡玩，就會聽到大人這樣碎碎念：「你們這樣會弄壞草坪，搞得到處髒兮兮……」

緊鄰鸚鵡社區的是一座有「小瑞士」之稱的小森林，可是沒有人知道這個名字的由來。「小瑞士」是他們最主要的遊樂基地，那裡還有一間他們用樹枝搭成的小木屋。森林管理員並不歡迎這群孩子，卻也無法趕走他們，因為他們並沒有對森林造成破壞。

但是如果有男孩想加入鱷魚幫，他們就去磚瓦廠進行試膽大會。試膽失敗就無法加入。

漢納斯覺得爬上屋頂比爬回地面容易多了，因為往下爬時，他看不見自己的腳踩在哪，而且他怕頭暈，所以也不敢往下看。

每次當他的手抓穩後，他得用腳往下觸探是否有支撐點，直到自己可以站穩為止。雖然很吃力，可是趴著的漢納斯總算開始一吋吋往下滑動。

他長褲膝蓋的部分已經裂開，毛衣的手肘處也磨破了。他的雙手不但擦傷，指尖也流著血，但是漢納斯非做到不可。一直以來，鱷魚幫少年對他的態度總像是施了多大的恩惠一樣，他必須向他們證明自己已經夠大了，也不是什麼軟腳蝦。只要他回到地面上，他就是鱷魚幫的一員了，到時候就沒有人敢再說：「閃邊去！你這個小不點。」

就在這時，在屋頂最下方三分之一處，也就是漢納斯正用腳抵著的那塊屋瓦突然崩落。

原本趴著的漢納斯漸漸往下滑。起初他還沒意會到發生了什麼事，等到他察覺自己完全失去重心，忍不住發了狂似的尖叫：「救命！救命！我快掉下去了……」

在他滑落的同時，好幾塊屋瓦也跟著被扯下來，狠狠落在磚瓦廠的內院，接著砸碎在混凝土地面上。鱷魚幫的少年無法救他。他們嚇呆了，個個仰頭看著屋頂，他們甚至不得不倒退幾步，以閃避掉落的屋瓦。

瑪莉驚駭不已的咬著拳頭。歐拉夫則目瞪口呆的看著上方，說不出話來。

一直到漢納斯的腳滑入屋頂排水管時，他才找到支撐點。他的手緊緊抓住一塊懸空的橫木。

歐拉夫終於開口大叫：「漢納斯！你抓好！我們去求救！你要抓好！」

就在漢納斯陷入恐懼和絕望，開始哭泣和尖叫時，這群鱷魚幫少年卻一哄而散，跑得不見人影。看不見他們的漢納斯，只能把頭埋在屋頂的破洞中，聲嘶力竭的大喊救命。

他期待鱷魚幫的人會爬上屋頂救他。他愈來愈害怕，生鏽並多處斷裂的屋頂排水管也開始搖晃，不知道還能負荷多久，恐怕隨時有崩坍的危險。

就連瑪莉也嚇得驚慌失措，跟在鱷魚幫男生的後面狂奔，直到他們跑出磚瓦廠的範圍時，她才試圖把其他人攔下來，可是這些男孩馬不停蹄的跑著，彷佛有人在後面追殺他們似的。他們迅速拉起路溝裡的腳踏車，接著一躍而上，飛也似的往鸚鵡社區急馳而去。這群鱷魚幫少年，看起來比屋頂上的漢納斯更加驚慌。

瑪莉也騎車尾隨在他們後面，之後卻萌生想調頭的念頭，然而她思索了一會兒之後，又繼續騎向大馬路。

她走進一座電話亭，撥打了消防中心的號碼，緊張的對著話筒大喊：「現在趕快來……他快摔下去了……現在趕快來啊！」接著便掛上電話。

當瑪莉又回到馬路上時，她覺得自己彷彿聽到漢納斯的求救聲，可是這幾乎不可能，因為她距離磚瓦廠已經超過一公里遠，大馬路喧囂的噪音早就蓋過

了漢納斯的叫喊聲。

瑪莉不知所措的站在電話亭前等待。不久她聽見消防車的警報聲，緊接著便看見一輛紅色大車轉了彎，消失在通往磚瓦廠的狹路上。

她跳上腳踏車，按原路騎回磚瓦廠。當她到達磚瓦廠前方時，消防員已經搭好長梯，其中一位消防員正準備爬上屋頂。

為了不讓別人看見，瑪莉躲到樹叢後面，唯恐有人發現她和其他人一樣對漢納斯棄之不顧。

接著她看見第二個消防員也登上了消防梯。他輕輕鬆鬆的把漢納斯從屋頂扛了下來，彷彿這只是一場辦家家酒。

漢納斯的雙腳總算踏在地面上了，但是他還是不停的尖叫。

接著，他就哭了。其中一名消防員試著安撫他的情緒。但是瑪莉聽到另一名消防員說：「應該要狠狠揍你一頓，實在太誇張了！還活著應該要偷笑了。

你爸一定會打死你。」

「你有可能會摔死，」瑪莉又聽見一名消防隊員說：「摔死！知道嗎？這麼不小心！你到底在屋頂上做什麼？」

就在這時，先前一直撐住漢納斯的屋頂排水管突然斷成兩截，其中一截啪啦一聲摔在地上，就連消防隊員也大吃一驚的往後跳幾步。

「你看，我們搶救得正是時候。」又有一名消防隊員說。

把漢納斯扛下來的那個消防隊員只說：「看到了嗎？你差點就這樣摔死了！簡直是亂來。」

漢納斯的腦袋一片空白，對於周遭發生的事情渾然不覺。就在他平靜下來時，消防車司機說：「算你走運！現在還活著簡直是個奇蹟。幸好我不是你爸，如果我是你爸，我就會好好教訓你一頓，希望你爸也會好好教訓你。」

儘管磚瓦廠離最近的住家足足兩公里遠，卻已經有一些好奇的民眾在此聚

集。他們騎著自行車和輕型機車來這裡看熱鬧。

這時瑪莉終於鼓起勇氣從藏匿處走出來，站在張口結舌觀望的民眾背後。她不想被人認出來。她覺得彷彿每個人都知道她就是導致這整件事發生的幫兇。瑪莉一想到消防車只要晚來幾分鐘，漢納斯就會發生不幸，她便渾身顫抖。

「你到底是怎麼跑進來的？」某個消防隊員問漢納斯。可是他沒有回答。

「你是單獨一個人嗎？」另一個消防隊員問：「沒有人跟你一起來嗎？」

漢納斯仍然一語不發。

「不講就算了。」消防車司機說著，便鑽進了駕駛座。

消防隊的大車載著漢納斯回到鸚鵡社區。

當這輛紅色大車停在漢納斯家的前方，兩名消防隊員帶著漢納斯過馬路時，鸚鵡社區內頓時出現蜂擁的人潮。漢納斯的媽媽恰巧從窗戶望出去，她嚇得臉色慘白，立刻打開大門衝出來，一把抱住了漢納斯。她因為太過驚慌，所以忘了追問發生什麼事。

「您一定要好好管管他，」一名消防隊員說：「不可以在立著『禁止進入』告示牌的區域隨便亂爬。他總看得懂字吧？」

漢納斯的媽媽只是下意識的不斷點著頭，她緊摟漢納斯，努力想掩飾自己的淚水。

「好吧，」這個消防隊員又說：「那我們就不再耽誤您的時間，很幸運，最後總算平安無事。」

漢納斯的媽媽帶著他進了廚房。她坐在椅子上沉默不語，只是十指交叉的握著手，最後才說：「你怎麼做出這種事？你差點就沒命了。」

當漢納斯又哭出來時，她抱住他說：「算了，算了，我並沒有要責怪你，可是不准再犯第二次了。告訴我到底是怎麼一回事？」

於是漢納斯說出試膽大會和加入鱷魚幫的經過。他媽媽不禁搖搖頭，最後還說：「你還真會選朋友啊！需要幫助的時候，這些好朋友拔腿就跑。他們根本不值得你引以為榮。」

漢納斯的爸爸在電車站等車的時候，已經從鸚鵡社區居民口中聽說了這件事。他回到家，本來想賞兒子一個耳光，可是漢納斯的媽媽出面阻止：「何必這樣呢？你要慶幸他還活著。想想看，萬一情況更糟該怎麼辦？」

漢納斯可憐兮兮的坐在廚房裡，不敢看他爸爸一眼。只要能夠安然度過這一刻，不論爸爸提出什麼要求，他都願意接受。

「兒子，關於處罰我們就直話直說，十四天禁看電視，」他爸爸說：「不准和兔子漢尼巴玩，不准出去玩，零用錢停發十四天……」

「夠了吧。」漢納斯的媽媽說。

「一點都不夠。你自己剛剛不是才抱怨那些讓我們家少爺入幫的小伙子嗎？你看看，他們已經闖了多少禍……」
「是啊，我知道……」
「那些男孩老是在森林裡捉弄殘障病患，在背後譏笑他們，還騎著腳踏車包圍女生，騷擾人家。要不然就是坐在樹上對人丟石頭，還有……」
「是，是，我知道，」漢納斯的媽媽說：「不過他們也有做一些正經事。別再嫌東嫌西了，高興點，至少我們的兒子……」
「還活著，」他接著吼道：「事情根本不該發生到這種地步，他差點就摔下去了。」
「可是我並沒有摔下去啊。我現在是鱷魚幫的一員了！」漢納斯大聲說，幾乎不再怕他爸爸。
「這個鱷魚幫可真有本事啊，除了惹大人生氣之外，什麼都不會。」他爸爸火冒三丈的說。

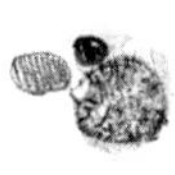

「他們的腳踏車都超棒的，而且都是游泳協會的成員，森林管理員也不反對他們在森林裡搭小木屋。」漢納斯辯駁道。

「你最好多注意自己的功課，你要做的事情已經夠多了。」他爸爸邊說邊從冰箱裡拿出一瓶啤酒。

「鱷魚幫裡到底有哪些人？」他媽媽問。

「歐拉夫是老大，瑪莉是他妹妹，還有彼得……」

「那個老是挖鼻孔的黑頭髮男生？」他媽媽又問。

「還有威利，你知道啊，那個留著金色長髮……」

「老是咬指甲的那個。」她又接腔。然後她邊笑邊說：「別人還叫他小兔子，因為他咬起指甲來就是那個模樣。」

「這我倒是不清楚。不過他是游泳健將，在全市少年組游泳賽中得過三次獎。」漢納斯回答。

「或許吧。」他爸不高興的說。

「奧圖也是其中一個成員，他會在腳踏車上倒立，還有特歐……」

「你是說住在小巷裡的那個紅頭髮男生？總是得帶他妹妹去散步的那個？他是個好孩子。」

「這下子你知道了吧？還有法蘭克，大家都叫他猴子，因為他很會爬。還有魯道爾夫，他有一輛超棒的法國腳踏車。」

「他爸爸錢賺得夠多才買得起。你知不知道，就因為消防隊員爬到屋頂救你，消防局很快就會寄一大筆帳單給我們。」

「你說真的嗎？」他的妻子問。

「我猜消防局不會免費提供這個服務。之前你病了很長一段時間，我們現在還有許多錢要繳，卻偏偏挑在這個時候。」

「我會在家裡做一些裁縫補貼家用。」漢納斯的媽媽說。

「我不是這個意思，」她的先生回答：「我只是說，從今以後我的工資頂多就是一千兩百塊馬克，也無法加班賺鐘點費，目前工廠的狀況很糟，磨刀工人太多了。」

「你該不會被……」她吃驚的喊出來。

「不會，我不會被解雇，你想太多了，我只是要告訴你這段日子會很辛苦，我們的寶貝兒子偏偏又在這個時候雪上加霜。不然這樣好了，讓他拿自己的零用錢繳消防局的帳單。」

「那他得繳很久，」他的妻子說：「他每個禮拜的零用錢只有五馬克，不過他沒有全部花掉，有些還用來買漢尼巴的飼料。」

「明年房租會漲價，我聽說多了二十塊馬克。」

「所以我們必須繳三百五十馬克的房租？」

「沒錯。」漢納斯的爸爸拿起報紙，在客廳坐下來。

他爸爸才剛走出廚房，漢尼巴就已經從敞開的門跳進來。漢納斯輕聲呼喚牠，小兔子便蹦蹦跳跳的躍上他伸出的手臂。漢納斯把漢尼巴放在腿上，然後拿了一根紅蘿蔔餵牠，小兔子津津有味的吃了起來。

「你才剛走到街上，漢尼巴就已經聽見你的腳步聲，」他媽媽說：「牠像狗一樣在門上抓來抓去。」她撫摸著漢尼巴，正專心啃紅蘿蔔的牠完全無動於衷。

這隻兔寶寶有銀灰色的毛，是外婆送給漢納斯的生日禮物。他爸爸幫牠蓋了一個很大的兔窩，放在他的臥房裡，漢納斯每兩天就必須清理一次。

因為不能一直把漢尼巴關起來，他爸爸便收回了漢納斯不准和牠玩的禁令，但是仍舊嚴禁漢納斯看電視，所以接下來的幾天，他常常看著窗外，尤其是他獨自待在房間裡的時候。

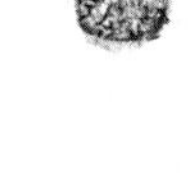

第二章　坐輪椅的男孩

到了第三天，漢納斯注意到街上有個女人推著一個坐輪椅的男孩。這個男孩比他的年紀稍大一些，大約十二歲左右。有著一頭棕髮，他的腳裹在一條毯子裡。

隔天，漢納斯又看見這個女人和男孩，他走進客廳，向坐在縫紉機前的媽媽打聽這個男孩。

「你為什麼問這個？」他媽媽說：「他們家離我們不遠，就在銀街。」

「那個男孩怎麼了？」漢納斯問。

「他不能走路，下半身癱瘓，一輩子都需要別人背著或載他出去。他三歲時，從樓梯上摔下來。」

「就變成這樣？」

「沒錯，摔得很嚴重就變這樣。當時動了手術也沒有用，這個孩子一輩子都得坐輪椅。」

「還真慘。」漢納斯說。

「假如你從屋頂上摔下來，可能也會變成這樣。每個人都可能遇上這種事。明天早上七點半別人來接他上學的時候，你可以去看看他。反正你十點才有課。」

隔天早晨，雖然漢納斯很想睡晚一點，可是他還是跑去了銀街。照著媽媽的描述，走到一棟房子對面。

一輛藍白相間的福特廂型車開到了屋前，司機先生下車之後，便打開車廂後面的兩扇門，拉出一個輪椅專用的斜板，架在路面上。就在此刻，一個女人打開屋門，漢納斯認出了她。在大門前的三級階梯旁設有一道混凝土斜坡，她

倒退著推著輪椅走下來，接著跨過人行道，走到了街上。福特廂型車的司機協助她，把坐著輪椅的男孩推入車內。

漢納斯突然跨越馬路大喊著：「我可以幫忙嗎？」

「你力氣不夠。」司機先生一邊回答，一邊用皮帶固定輪椅。車內已經坐著幾個孩童，年齡大小不等。司機先生正要載這些殘障孩子去特殊學校。

漢納斯問坐輪椅的男孩：「你叫什麼名字？」

「庫爾特。你就是那個消防隊員從屋頂上救下來、叫做「銀河系」的漢納斯？」

「你也知道？」

「鸚鵡社區發生的所有事情我都知道。」庫爾特回答他。接著司機先生把後面的兩扇門關上，稍後便把車子開往大馬路。

「咦，你今天不必上學嗎？」庫爾特的媽媽問。

「要啊。」漢納斯說完便跑走了。

回到家時，他告訴媽媽：「不能走路還真有夠慘。」

「當然很不幸，他媽媽也很辛苦，因為他爸爸的工作需要輪班，無法隨時幫助庫爾特。校車司機總是得幫他媽媽把庫爾特抱進屋裡。」

「我可以去拜訪他嗎？」漢納斯問。

「當然可以，這絕對比和鱷魚幫那夥人一起鬼混好多了，免得你們把附近鄰居搞得雞犬不寧，不是驚嚇老人，就是騷擾女孩子……噢，對了，我一直想問你，當你掛在屋頂上時，你的那些狐群狗黨到底在哪裡啊？」

漢納斯沒有回答，他因為他們而感到慚愧，他並不知道是瑪莉通報了消防隊去救他。漢納斯沒有回答他媽媽的問題，他走出廚房，留下她繼續熨燙衣物。小兔子漢尼巴蹦蹦跳跳的跟在他後面。

漢尼巴跳到他臥房的沙發上，接著開始舔淨自己的身體。漢納斯拿起書包

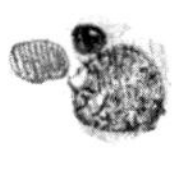

準備去上學。自從被禁止看電視之後，他都乖乖寫完學校的作業。

在前往「小瑞士」的小木屋路上，鱷魚幫少年發現了一隻死鹿。他們束手無策的圍著這隻死掉的動物，不曉得該如何處理。彼得激動得不停挖鼻孔，挖到漢納斯不得不對他大吼：「彼得你別再挖可以嗎？再挖就送你上西天，等你到天上寫明信片給我們！」

可是沒有人笑得出來。躺在他們腳前的死鹿，令他們不知所措。

歐拉夫說：「牠一定是在馬路上被車撞了，還硬撐著爬到這裡，一定是這樣。」

「我們可以把牠的皮剝了，弄烤肉串來吃。」瑪莉說。

「聽你在鬼扯，」彼得叫著：「第一，這肉不好吃，第二，如果我們在森林裡升火，所有人都會看見煙。」

「我們可以去田裡烤啊。」瑪莉說。

「我們在田裡更容易被發現。」法蘭克反駁她：「而且誰要幫這麼大一隻動物剝皮，還要把內臟掏出來？我曾經在農夫賀爾特康伯夫那裡，看過他進行緊急屠宰，真是噁心得令人想吐。」

「那我們就把牠埋了吧。」瑪莉說。

男孩們點點頭，只要這隻死掉的動物不躺在這裡礙眼，要怎麼處理都行。於是他們拿出鏟子和尖鋤頭。

鱷魚幫少年的小木屋裡裝備樣樣俱全，他們從大型廢棄物堆撿來破舊的桌椅，如果在別處發現被丟棄的工具，他們也一律帶來這裡。這間小木屋是環繞著一棵櫸樹搭建而成的，他們用青苔鋪成地板，甚至在樹幹上掛了一面模糊不清的老舊鏡子。一年前，歐拉夫和法蘭克在枝椏上架起了一個眺望台，但是森林管理員強制他們拆除，否則就對他們下驅逐令。

他們開始在死鹿躺著的地方挖洞。這一點也不簡單，因為森林裡的土地盤根錯節。雖然他們輪流工作，仍然個個汗流浹背，花了兩個鐘頭才挖出足以埋下這隻鹿的深度。之後他們又把坑洞填滿，並用力踏平，以免隆起的新土堆被人發現。

「我們應該灑一些花在上面。」瑪莉說。

「你的頭殼真的壞掉了。」她哥哥回答她：「那你現在就去花店訂一個有蝴蝶結的花圈吧，笨蛋！」

「剛才應該把你一起丟進洞裡才對。」法蘭克高聲說。

瑪莉覺得很委屈，於是先騎車回家去了。

晚上時，漢納斯把在森林裡發現死鹿和挖洞掩埋的事情告訴媽媽，因為她想知道漢納斯為什麼這麼晚才回來。

他媽媽說：「假如你們下次又發現動物的屍體，一定要通知森林管理員。

就像農夫認識他養的每一隻牛一樣，森林管理員也認識森林裡的所有動物。他現在應該發現有一隻鹿不見了。即使動物的肉已經不能吃了，牠的皮一定還可以用，就算不能用，不管怎樣還是得通報森林管理員。」

隔天當鱷魚幫少年又坐在小木屋裡時，漢納斯告訴大夥兒他媽媽說的話。可是他們只是訝異的望著漢納斯，因為他們不知道這種事需要通報森林管理員。以前他們還沒搭建小木屋時，壓根也不知道在屋舍緊密相連、工廠比鄰、小森林只算得上是大型公園的魯爾工業區竟然有森林管理員，他們以為只有鄉下地方才會有。

「不如我們現在就去通報森林管理員。」帶著蘇格蘭帽的特歐說。就算是碰上大熱天，他也不願意脫掉這頂帽子。

「他會臭罵我們一頓。」瑪莉說。

「可是即使他不打算把那隻鹿挖出來，至少也還知道牠在哪裡。」特歐回答她。

「才不要，」歐拉夫說：「不必告訴他了。我們就忘了這件事吧。下次碰到這種事我們再通報。」

「說不定我們會得到獎勵。」彼得插嘴說。

法蘭克惡毒的回答：「是啊，得到一台自動挖鼻孔機。」

大夥兒笑了。

「你們真惡劣！」彼得高聲抗議，接著跳上腳踏車離開了森林。

「你剛才真的很惡劣。」漢納斯對法蘭克說。

「惡劣？你知道什麼叫惡劣？『落井下石』才是惡劣。」

可是這次沒人覺得好笑，因為大家都懂得這句成語。

兩天後的下午，漢納斯前往克歐普超市幫媽媽買東西。途中他遇見正要騎車去室內游泳池的歐拉夫、彼得、法蘭克和魯道爾夫。

「你要不要一起去？」歐拉夫問。

「不行，我要幫我媽買東西，她的腳靜脈曲張，走路不太舒服。」

「那就算了。」歐拉夫說完，就和其他男孩繼續前往游泳池。

在克歐普超市的門前，庫爾特坐在輪椅上等著在店裡購物的媽媽。即使天氣很暖和，庫爾特的雙腳仍舊裹在毯子裡。

「為什麼你的腳一直包在毯子裡？」漢納斯問。

「因為我的腳不能動，久了就會冷，所以我必須用毯子包住。」

「不能讓腳變冷？」漢納斯問。

「難道你喜歡腳趾冰冰涼涼的感覺嗎？」庫爾特問。

「可是天氣很暖和啊。」漢納斯說。

「你覺得很暖和，可是我的腳不覺得啊。醫生說如果腳變冷，就會血液循

環不良，這樣會很危險。」

「原來如此。」漢納斯說，儘管他一點都不懂。

「可是如果有人扶著我，我就站得起來。」庫爾特繼續說。

「你可以站多久？」漢納斯感興趣的問。

「沒辦法站很久，只能幾分鐘而已，我媽媽常和我一起練習。你是不是住在古特倫街？我住在銀街，不過這你已經知道了。我認識你們鱷魚幫所有的人，我一直在觀察你們，我有一個雙筒鏡。」

「雙筒鏡？那是什麼東西？」漢納斯問。

「你不曉得望遠鏡嗎？」

「原來你指的是望遠鏡，不早說。」漢納斯回答。他現在不太確定該和這個男孩聊什麼。他無法走路，必須上特殊學校，不會騎單車，也沒辦法在街上玩。雖然漢納斯很想多聊一些鱷魚幫少年的事情，還有他們在森林裡掩埋死鹿的經過，可是他不曉得庫爾特有沒有興趣聽。或許庫爾特從來沒看過鹿，畢竟他無法走路，他也不知道該如何逃避森林管理員、如何對人惡作劇、如何騎腳踏車包圍女生，他更無法知道要如何爬到樹上，以樹葉做掩護對著底下的大人扔石頭，讓他們停下腳步抬頭看，卻看不出個所以然。

「你要來我家嗎？」漢納斯還是問了：「我是指和我一起玩。我有一隻小兔子，牠很溫馴，會吃我手上的東西，牠叫做漢尼巴。」

「沒辦法。」庫爾特回答：「你家門口沒有斜面坡道，這樣一來得要兩個人才能把我抬進你家，不過你可以來我家。」庫爾特很快補充一句，唯恐漢納斯會拒絕。

「如果可以，我一定去找你，如果你媽准的話。」

就在這個時候，庫爾特的媽媽提著兩袋裝得滿滿的購物袋走出超市。她向漢納斯點點頭。

「我可以推庫爾特嗎？」漢納斯問。

「對你來說太重了。可是你可以和我們一起走，順便看看怎麼推輪椅。」

她把那兩個沉重的購物袋放在庫爾特的腿上，庫爾特用手臂緊緊夾住袋子。漢納斯差點就把自己的任務忘得一乾二淨。他趕緊跑進店裡買植物性奶油和水果。庫爾特和媽媽在店門口等他，之後漢納斯跟在輪椅旁和他們走到銀街，如果路面有些坡度，庫爾特的媽媽也讓漢納斯一起幫忙推。如果庫爾特的媽媽拿開他腿上的購物袋，庫爾特也會自己加把勁轉動輪椅。他轉著車輪兩邊附帶的金屬輪子，雖然轉得速度很慢，但是對於推輪椅的人而言卻是很大的助力。輪子旁邊設有煞車裝置，所以只要遇到下坡，庫爾特便啟動煞車，讓推輪椅的人不必獨自負荷整個重量。

到了庫爾特的家門前，漢納斯也幫忙把輪椅從斜面坡道推入走廊。在整個過程中，他仔細觀察推輪椅時必須注意的事情，並把操作沉重機身的訣竅記在心裡。

「你做得很好，」庫爾特的媽媽誇獎他：「過幾天你就能夠自己推了。」

「我也想自己推推看。」漢納斯說。

「如果你想自己一個人推，就必須再多吃一些香腸，才有力氣。」庫爾特的媽媽笑著說。

到了走廊後庫爾特的行動就變得有些困難，可是母子兩人顯然練習有方。庫爾特的媽媽直接蹲下來，接著庫爾特用雙臂勾住她的脖子，讓她抱進家裡。進入屋內她慢慢將庫爾特輕放在地板上。

漢納斯提著購物袋走在後面。當庫爾特在屋裡自行移動時，漢納斯十分訝異。他趴在鋪著地毯的地板上爬動，完全靠著兩隻手臂的力量往前挪移，雙腳拖在後面，速度一點也不慢。

庫爾特有個窗戶寬敞的大房間，望出去可以看見舊磚瓦廠的一角。牆上的白色櫃子裡放著無數台玩具車，地板上還有一個立體停車場，不但附有洗車場，更有可以把汽車載至各層樓的升降梯。

「你爸是做什麼的？」漢納斯問。

「他是垃圾車司機。」庫爾特回答。「你爸呢？」

「我爸是機械工廠的磨刀工人。我媽生病了半年，因為靜脈瘤開刀，不過她現在好多了。」

「我爸的車內有一個無線對講機，」庫爾特說：「所有的司機都可以互相通話。」

「我爸沒辦法再加班，所以他現在也賺不了多少錢。」漢納斯說。

「我爸不用擔心這個，因為永遠都不缺垃圾。」庫爾特回應著：「可是我們需要每一分、每一毛錢，因為我的緣故，我爸媽不斷花錢。健康保險公司只負擔部分費用，我爸媽必須時常跑社會局申請津貼，我爸心情總是不太好，他說，等社會局給錢，必須先填一公里長的申請表格。」

「我媽總是說，天下沒有白吃的午餐。」漢納斯回答。

庫爾特在他的房間裡行動自如，他可以把自己拉上輪椅，然後坐著輪椅在房間內到處遊走，他也會獨自去廁所，雖然需要花一點時間，但是不需外人的協助就可以獨力完成。在家裡，只有庫爾特洗澡時，他媽媽才必須費許多功夫。不過，因為她無法單靠自己的力量幫忙庫爾特，所以她總是等丈夫回家後再進行。

漢納斯從來不曾見過這麼多的玩具汽車，就算在玩具店也沒這麼多。他們兩個一起玩著立體停車場和小汽車，讓停車位上的車子從螺旋狀車道滑出停車場。在十字形窗架上還釘著一個顏色鮮豔的賽車道，他們又讓小汽車從跑道上飛馳而下，然後推著它們去加油，因為立體停車場下方就是一個電動加油站。洗車場內還裝了真正的水。

「下次帶你的小兔子來吧。」庫爾特說。

「不行，牠會跑掉。在陌生的地方，牠會變得焦躁不安。最好是你來我家，我爸可以背你，我們也住在一樓。」漢納斯說。

庫爾特的母親走進房間說：「漢納斯，你該回家了，否則你媽媽會找不到你。」

「你會再來嗎？」庫爾特問：「我每天下午四點以後都在家，星期六我不用上課，你也可以來找我。」

「我一定會再來。我可以來嗎？」

「當然可以囉，」庫爾特的媽媽回答：「你可以每天都來。」

於是漢納斯回家去了。

當漢納斯的媽媽正想責備他太晚回家時，他把去庫爾特家的事情告訴她，她就不再責罵他了。她只說，這總比和鱷魚幫少年一起鬼混惡作劇好多了。雖然漢納斯不能苟同，但是他也不想頂撞媽媽，因為他怕禁看電視的天數會被延長。

隔天下午，鱷魚幫少年又在森林小木屋碰面。他們準備在星期日騎自行車前往鄰近的明斯特區，正在討論騎車路線以及每人在旅程上需要攜帶的物品，當漢納斯突然提出讓庫爾特加入鱷魚幫的建議時，他們都感到很驚訝。當然，他們必須讓庫爾特免除試膽大會的考驗，也就是讓他成為所謂的榮譽會員，而不是積極參與事務的鱷魚人。

聽完他的提議，歐拉夫只是放聲大笑，其他人不是沉默不語，就是在旁邊暗自竊笑。

「簡直是鬼扯，」歐拉夫高聲說：「我們要一個老是坐輪椅被推著的殘廢做什麼？我們只需要會爬樹、會爬屋頂的人。」

「庫爾特不是殘廢，」漢納斯憤怒的大叫：「他只是無法走路……你們要知道，我們所有人的智商加起來都比不上他。」

「好了、好了，漢納斯，」彼得勸他：「歐拉夫說得沒錯。坐在輪椅上的庫爾特永遠需要人推，我們最好不要和他在一起。」

法蘭克說：「如果讓他入幫，我們就再也無法騎腳踏車，還得處處顧慮他。」

彼得又問：「而且誰要推他的輪椅？難道是我們嗎？天啊，漢納斯，操作輪椅需要專業技術，你想想看，假如發生事情，我們還得承擔後果。」

「我昨天推過他的輪椅，我也沒有專業技術，況且只要路面平坦，庫爾特也有能力獨自行動……我昨天去過他家。」

「他很容易翻倒，」法蘭克說：「我曾經看到他差點在消費合作社前翻倒。」

瑪莉說：「我們對他的日常生活細節一無所知，假如發生事情，不就變成我們的錯了？而且你們想想看，萬一在路上，他想要上廁所……我們可以去草叢裡上，可是如果他要小便或者上大號那怎麼辦？你們自己想想。」

大夥兒都感到十分難為情。

就連漢納斯也變得有點遲疑，因為他沒有考慮到這一點。當大家正準備離開時，漢納斯說：「那我們就必須學啊，一定不會太難，庫爾特會告訴我們該怎麼操作。我推過他的輪椅，自己一個人推喔，其實根本沒有想像中那麼難。」

「如果他需要人家背，結果我們背不動他怎麼辦？」彼得說。

「他不必參加我們騎單車的行程。」漢納斯回答，他覺得心中的怒火逐漸上升。「可是他可以來我們的小木屋聚會。」

「可是他連爬屋頂都不會。」歐拉夫又說。

「哼，自從消防隊的拯救行動之後，不是早就取消爬屋頂了嗎？」瑪莉諷刺道。

歐拉夫和其他的鱷魚人一時啞口無言，這件事讓他們感到很不自在，因為他們在事發當天表現得很懦弱無能。

「無論爬屋頂有沒有取消，我們要一個坐輪椅、老是要人推的人加入做什麼？漢納斯的想法真蠢。」歐拉夫遲疑一會兒之後這麼說，好似不准其他人再有異議。

「不如我們來表決。」瑪莉建議。

表決結果顯示除了漢納斯之外，所有人都反對庫爾特入幫，瑪莉則選擇棄權。

漢納斯氣得差點哭了。歐拉夫察覺後，把手臂搭在漢納斯的肩膀上，試著安慰他：「好了，漢納斯，因為庫爾特住在你家附近，所以你才幫他講話，算你有義氣。可是你自己想想，他加入的話，將永遠是我們的負擔，不管我們做什麼，永遠都得顧慮他。這點你應該想清楚才對。」

這個下午，鱷魚幫沒有繼續商討他們前往明斯特區的單車之行便散會了。他們決定去游泳。照理來說，特歐應該要回家，因為他得推他小妹的娃娃車去散步，但是他還是跟去了。

第三章　闖空門的季節

時值炎熱的六月，令人幾乎無法忍受的酷熱，籠罩著多特蒙德這個大城市，從工廠飄出的塵埃和惡臭使得呼吸變得更加困難。距離放暑假還早得很，只有待在森林或游泳池裡比較舒服，學校上課也令人昏昏欲睡，因為天氣實在太熱了。

這也是北邊郊區店家幾乎夜夜被闖空門的季節。小偷主要偷的都是一些葡萄酒、烈酒、收音機、電視機和香菸之類的東西，但是不偷收銀機內的現金。幾乎每兩天，報紙上就會刊登某處又被竊賊破門而入的消息。罐裝啤酒箱、罐頭食品和乾香腸都被洗劫一空，尤其是錄音機、收音機、磁帶機最常遭竊。

竊賊每次作案之後總是消失得無影無蹤，沒有人見過他們，也沒有人能提供線索。過了幾天，這個竊盜集團已經被警察和居民冠上「鬼影神偷」的名號，因為沒有任何痕跡和指紋可尋，警察的偵察工作有如大海撈針。除了警方公告提供五百馬克破案獎金之外，受害店主也懸賞一千馬克給提供線索的人。

但是這一切仍無濟於事，因為警察就是找不到任何犯罪的蛛絲馬跡，儘管這些竊盜案件只發生在北邊的郊區。

發生這種案件時，居民首先懷疑的就是那些外籍勞工，他們認為土耳其人和義大利人都有很大的嫌疑。

外籍勞工住在「小瑞士」後方的老舊社區，那裡給人很殘破的印象，因為屋主根本不再整修房子。據說這些房子將在幾年後被拆除，以便興建高樓。許多房屋牆面的灰泥早已脫落，碎裂的窗戶玻璃也僅用厚紙板隨意黏貼。

在鸚鵡社區，有一些居民自以為是的宣稱竊賊是土耳其人，另一些則認為這種犯罪手法比較像義大利人的作風，不過他們一致認為嫌犯一定是外籍勞

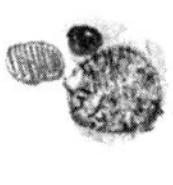

工。警察也曾經因為接獲匿名檢舉，而到這些外籍勞工住的地區進行住家搜索，可是仍然沒有查到任何證據。

在眾多質疑聲浪之中，歐拉夫爸爸的反應最激烈，他總是在親朋好友之間，以及常去的酒館裡，到處散播那些外籍勞工的壞話。他總是說：「這些流氓，應該滾回去他們原來的地方，留在這裡只會搶我們的工作。」

有一天吃晚餐時，歐拉夫說嫌犯也可能是德國人，他爸爸馬上摑了他一個耳光，大聲咆哮說：「如果我說是外國人，就是外國人。到此為止！」

「如果外面出太陽，你卻說下雨，那並不代表你說的就對。」瑪莉回答之後，便馬上跑出飯廳，免得也被賞耳光。

鱷魚幫少年當然也會討論這些竊盜案件，這也難怪，因為這是這陣子他們家裡最常討論的話題。最誇張的謠言傳得滿天飛，最難以置信的懷疑被說得天花亂墜。

漢納斯問他爸爸：「爸爸，你認為是誰幹的？」

他只回答：「任何人都有可能。」

庫爾特的爸爸則回答：「我根本不相信他們是專業竊賊，或許只是一些想鬧著玩的人。」

星期日下午當鱷魚幫少年在小木屋碰面時，自然而然又聊起竊盜案。他們總是對家人說要去教堂做禮拜，其實星期日上午他們都在「小瑞士」聚會。

正當他們站在小木屋前時，有一些小孩沿著小路走了過來。即使鱷魚幫少年無法分辨土耳其語和義大利語的差別，但是他們一聽就曉得這些小孩是外國人，因為他們沒聽到任何一句德語。

就在這些小孩快走到小木屋前方時，法蘭克發出有如印地安人的嚎叫奔上前去，對著他們扔冷杉球果和小石頭，還在他們背後尖叫：「閃邊去，你們這

些吃義大利麵條的野蠻人！」

這些小孩是義大利人，他們驚駭萬分的四處逃竄，只有一個小男孩又回頭撿遺失的鞋子。法蘭克用腳踹他的屁股。小男孩像發了瘋似的尖叫，於是法蘭克放開了他。

這時其他的鱷魚人也加入陣容。歐拉夫像個牛仔一樣跨著腳站在路中央，在小孩的背後大聲謾罵嘲笑。

彼得說：「這個小孩又沒有惹你。」

「這樣是欺負弱小！」漢納斯喊著。

「哪算是？」法蘭克回答：「我爸總是說，外國人全都是壞蛋，他們什麼東西都偷；我大哥也說，外國小孩從小就被教育成流氓。」

「你爸和你大哥講的話，不一定都是真的。」彼得反駁，他氣憤到甚至忘了挖鼻孔。

「你去告訴我爸啊，」法蘭克說：「你就知道他會怎麼教訓你，我保證他一定會好好揍你一頓！」

「我爸說，你爸在工廠也老是挑撥外國人的是非。」漢納斯插嘴。在漢納斯爸爸工作的工廠內，法蘭克的父親是工頭。

法蘭克看著漢納斯，卻沒有回答。

「好了，大夥兒，」瑪莉勸道：「別再為了我們的父母爭吵，他們就是這樣，就連一隻停在牆上的蒼蠅，他們也看不順眼。」

「為什麼他們會變成這樣？」漢納斯問：「我爸媽就不會這樣。」

可是沒有人回答漢納斯。

他們返回小木屋，法蘭克剛才的行為讓大家感到有些尷尬，因為鱷魚幫有一項協議：不可欺負弱小。這時法蘭克似乎也很不自在，他說：「他們來森林裡做什麼？應該乖乖留在自己那一區就好。」彷彿這就是他的道歉。

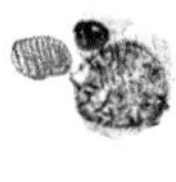

「這座森林是你的嗎？」瑪莉問。

「可是我們也不會去義大利人住的那一區玩啊。」法蘭克回答。

稍晚下午，漢納斯依照前一天的約定，騎自行車去銀街找庫爾特玩，反正下雨也無法在戶外活動。傍晚時強烈的暴風雨來臨，天色變得非常晦暗，以致於他們必須打開房間的電燈。只有接踵而至的閃電出現時，才短暫的照亮了鸚鵡社區。

漢納斯走進庫爾特的房間，坐在特製椅上的庫爾特正在一張桌子前畫水彩。這張桌子是他爸爸請木匠訂做的，庫爾特想用時就能獨力把它轉過來使用。

庫爾特畫著他從窗戶望出去的景物。他畫得很好，所以他的畫常被掛在學校教室和走廊的展示櫃。不過，有時候他的父母看不太懂他的畫，他們會告訴他蘇格爾溪旁的櫸樹根本不是長那個樣子，而他只會淡淡的說：「我看到櫸樹是什麼樣子，就畫成什麼樣子。」

於是他的父母就不再說什麼，乾脆順其自然發展，因為這樣說服他並沒有意義。

「我們再來玩立體停車場好嗎？」漢納斯問。

「你不想畫畫嗎？」他問。

「我又不會畫。」漢納斯說。

「為什麼不會？你試過了嗎？」看到漢納斯搖頭，庫爾特說：「既然這樣，你就不知道自己到底會不會。你坐過來我這裡吧。」

於是漢納斯試著拿起水彩筆開始畫。畫紙上出現一團團的色塊，必須發揮許多想像力才能想像它們是房屋、花園圍欄還是動物。

庫爾特看著漢納斯的畫說：「沒關係，下次會更好。」

當漢納斯放上一張新的畫紙時，庫爾特說：「我知道那些小偷是誰。」

漢納斯非常驚訝，手上的畫筆差點掉下來。他瞪著大眼看庫爾特說：「你知道誰是……」

「別那麼大聲，我可不想讓我爸媽知道這件事，不要亂說。」

「你知道是誰？拜託，你為什麼不報警？你從誰那裡知道的？有人告訴你嗎？是誰……」漢納斯激動得無法壓低聲音。

「別那麼大聲，我爸媽在客廳裡，他們什麼都聽得見。」

「庫爾特，拜託你，我爸說連警察都不曉得，他們根本是在黑暗中摸索。到底是誰？你就告訴我吧。」最後漢納斯只好在庫爾特耳邊小聲的說。

「好吧，如果你保證鱷魚幫會帶我一起去小瑞士的小木屋，我就告訴你。」

「庫爾特，你快說啦。這可是一件天大的事情。他們已經公告高額的獎金，一千五百馬克耶，你想想看，我們可以用這筆錢……」

「你們會帶我去小木屋嗎？」

「我們當然會帶你去！」漢納斯叫得很大聲，以致於庫爾特又把手指壓在嘴上。

「我們當然會帶你去。」漢納斯低聲說道。只要能知道那些竊賊是誰，此刻他願意保證一切。其他的鱷魚人一定會很驚訝。

「如果你爸媽准的話，我們就帶你一起去。」漢納斯附帶條件輕聲的說。漢納斯並沒有告訴庫爾特，讓他加入鱷魚幫的提議已經遭到否決。漢納斯也沒有告訴他被拒的原因，他突然替其他鱷魚人感到慚愧。他也心知肚明，庫爾特是否可以去小木屋並非他一個人能夠作主，所有的鱷魚人都必須參與表決。可是現在這一切都不重要，最重要的是，他能搶先知道大家議論紛紛卻又一無所知的事情。就連警察都還不曉得誰是犯人。

「如果我拜託我爸媽，他們會讓我去的，」庫爾特說：「他們不會讓我失

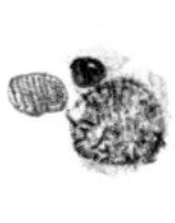

望，也沒必要反對。你不用擔心。」

「庫爾特，快點告訴我！他們是誰？外國人還德國人？有獎金耶！如果我們知道真相，卻沒有告訴其他鱷魚人，你要我們以後怎麼做人啊？」漢納斯激動的輕聲說。

「有三個人。」庫爾特嚴肅的回答：「他們三個都騎著輕型機車……就在十四天前他們潛入克歐普超市的時候，我從這裡的窗戶注意到他們。隔天早上便引發了民眾的不安，因為警方找不到任何犯案痕跡，燒酒和葡萄酒卻被洗劫一空……」

漢納斯不禁往窗戶望去。在庫爾特房間的窗戶前，位於角落的克歐普超市一目了然，可以看得見展示櫥窗以及半邊的門。

「你看見他們？然後什麼都沒說？一句話也沒說？你沒有報警？可是這……」

「有時候我半夜睡不著，醫生說，因為我必須一直坐著讓人推，不像其他男孩整天跑來跑去，所以身體不太容易累。」

「嗯，」漢納斯輕聲說：「趕快繼續說吧！」

「如果我睡不著，我就會從床上爬進輪椅，這個動作我很熟練。我不是看書就是觀察社區和街道，你一定不會相信，有時候到了大半夜還有好多人在路上。」

「所以呢？」漢納斯沒耐心的打斷庫爾特，因為庫爾特描述的都是他不感興趣的事情。「快點繼續講吧！」他低聲說。

「他們是三個男子，」庫爾特說：「各騎著一輛輕型機車。其中一輛是綠色的，另一輛是紅色。我無法看清楚第三輛的顏色，因為路燈沒有照到。」

「唉！」漢納斯失望的回答，他原本期待庫爾特可以說出竊賊的名字，結果他只有描述輕型機車的樣子。漢納斯說：「你知道的就只有這樣？天啊，庫

爾特，在我們這個城市裡，到處都是綠色和紅色的輕型機車，你想找到他們作案的機車，就像是在大海撈針。」

「第一，同款機車並沒有像你說的那麼多，第二，這畢竟是一條有用的線索，還有綠色機車的座椅後面有一條凸起來的橫槓，上面繫著長條彩帶，騎著機車時彩帶就會跟著飄動……可惜我就只有看到這些了，當時是半夜，我的望遠鏡也不適用於夜晚，真是太可惜了。但是如果我們一起……我的意思是如果我們一起追緝嫌犯，說不定會有結果。畢竟我們已經有線索了。」

「這類機車可能有好幾千輛。」漢納斯失望的說。

「假如我再看到那些男子，我相信我一定可以認出他們，雖然我並沒有看見他們的臉。他們的身高普通，全部都戴著安全帽，應該是中央有條紋的紅色安全帽，而且那三輛機車的行李架上都放著側邊置物袋。」

「庫爾特，為什麼你沒告訴你爸媽？天啊，庫爾特，假如我是你，我會在半夜把他們叫醒。」漢納斯說。他再度燃起了希望。

「反正他們也不會相信我說的話，他們總是說我只是在作夢。我也不能讓他們知道我常半夜失眠，不然我媽會整夜守在我的床邊，直到我睡著為止。她以前就這樣做過。所以我寧可什麼都不說。如果我說了什麼，他們會立刻打電話給醫生，要他開藥給我……不行，這樣會引發太多騷動。」

漢納斯仍一直坐在桌旁，望著只有五百公尺遠的克歐普超市。他勾勒著當時的畫面，想像自己半夜失眠觀察竊賊闖空門的樣子。

「無論如何，是三個年輕男子，」庫爾特又說：「很年經，還未成年，看他們的動作就曉得。」

漢納斯原本打算回家後把庫爾特說的話告訴爸媽。可是當他到家時，他卻沒有這麼做，因為他擔心爸媽只會笑他，並說那句他們時常說的話：「你別想嚇唬我們。」

他爸媽同意讓他在晚餐後出去一小時。暴風雨已經過去，街道上霧氣騰騰。他跳上單車，騎往星星街去找歐拉夫。瑪莉和歐拉夫正在街上打羽毛球。漢納斯坐在紅磚道上，等他們兩個打完羽毛球。他們應該會問他的來意，因為他很少在這個時間出現。

瑪莉果然問了：「嘿，銀河系，有什麼事就說吧。」

「我知道那些小偷是誰。」漢納斯說。他說這話的模樣，彷彿這是世界上最理所當然的事。

瑪莉和歐拉夫站在他面前低頭望著他，等待著他繼續說，可是他卻安靜了下來。

「快講，別讓我們一句一句追問。」歐拉夫跺著腳厲聲說。

於是漢納斯把庫爾特告訴他的事一五一十說出來，不多也不少。歐拉夫和瑪莉也從最初緊張的心情轉為失望，因為他們也想知道小偷的名字和住址。

「或許庫爾特搞錯了。」瑪莉說：「我媽總是說，那些長期臥病的人想像力特別豐富。」

「沒錯，」歐拉夫同意她的話：「有時候他們會看見根本不存在的東西。」

「如果這並不是幻想呢？」漢納斯反駁：「如果庫爾特看到的都是事實，那該怎麼辦？」

「有可能這都是真的，他也的確有望遠鏡。可是為什麼他要告訴你這件事？」歐拉夫問。

漢納斯猶豫了許久，最後不得不招供：「因為我必須發誓讓他和我們一起去小木屋。」

「原來如此。這個伎倆真爛，你還中了他的計，他不准去。」歐拉夫生氣的說。

「現在別激動，蠢蛋，」瑪莉對她哥哥喊道：「即使如此，他說的話仍然

可能是事實。如果是事實，那我們終於有一條線索了。」

「線索？」歐拉夫問。

「有時候你真的還滿笨的，」瑪莉說：「當然是線索啊！輕型機車、機車後面的橫槓、安全帽、機車置物袋……這本來就是線索。」

「這種輕型機車光是市區就有幾千輛，」歐拉夫回答：「等於是大海撈針嘛。」

「可是那三輛輕型機車並不是針，你只是嫉妒心作祟，因為發現小偷的人不是你。」

「胡說八道。你坐在窗戶邊往外看一小時，就知道有多少綠色和紅色機車，還有多少輛坐墊後面有綁彩帶的橫槓。」歐拉夫回答。

「聽起來好像你已經坐在窗戶邊一小時似的。別鬧了。」瑪莉嗆回去。

「無論如何，明天我們把這件事告訴其他鱷魚人再做決定。」歐拉夫說。

「庫爾特必須在場，我答應過他。」漢納斯補充著說。

「那是你自己答應的，」歐拉夫回答：「並不代表所有鱷魚人都同意。」

漢納斯不再說話，騎著自行車就回家了。他爸爸坐在廚房的餐桌前看報紙，他告訴漢納斯又有一家收音機店被闖空門的消息，而且警方又找不到任何線索。儘管如此，漢納斯仍舊沒有向他爸媽透露這件事。

「你怎麼了？」他的爸爸問：「呆坐在那裡，好像一群雞把你的麵包搶走似的。去睡吧，不然明天早上你又起不來。」

「對了，爸爸，他們會把破案獎金發給誰？」漢納斯問。

「發給誰？就是提供破案線索的人啊。」他爸爸回答。

「也會發給小孩嗎？也就是未成年的人？」

「我想應該會吧？但我不太清楚。你為什麼這樣問？發生了什麼事嗎？」

「沒有，我只是隨便問問而已。」漢納斯回答後便走進浴室。

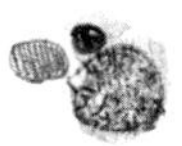

第四章　新的祕密基地

到了星期一，鱷魚人相約傍晚時到小木屋集合，以便聽漢納斯轉述他從庫爾特那邊得到的消息。可是就在騎往小木屋的途中，在布滿碎石的林徑上，他們遇上出乎意料的不幸事件。

騎在最前方的瑪莉，突然緊急煞車，導致後面的鱷魚人差點接二連三的撞在一起。

「搞什麼？你這個笨女生，為什麼突然煞車？」歐拉夫叫著。

瑪莉無言的伸出手，指向森林。她說：「小木屋……」

原本搭建小木屋的地方，現在卻空空蕩蕩。鱷魚人望著那棵櫸樹，漸漸了解發生什麼事。

彼得低聲說：「小木屋不見了。」

「怎麼會這樣，」法蘭克驚呼：「昨天還在啊，怎麼會這樣？」

他們把自行車靠在一棵粗大的橡樹樹幹上，然後慢慢走向小木屋原來的地點。他們戰戰兢兢的走著，彷彿即將靠近一個危險的深淵。

然後他們到了櫸樹前。

「什麼都不剩，」歐拉夫說：「什麼都沒有，消失了，不見了。」

「怎麼會這樣？」彼得也只說得出這句話。

就連他們辛辛苦苦用來鋪小木屋地板、在森林裡蒐集了好幾天的青苔也蕩然無存。「絕對不是一個人做的，」瑪莉說：「一定是好幾個人。肯定不是森林管理員……那些在療養院復健的殘障病患呢？不是，也不是他們，他們不會做這種事。可是會是誰呢？」

一切都被破壞殆盡，用來布置小木屋的東西也到處散落在森林裡，桌椅被

打爛，充當門的舊毯子則掛在櫸樹樹枝上。

他們只能一直瞪著原本搭建小木屋的地方。特歐無法控制情緒，不禁嚎啕大哭：「這些敗類！這些敗類！」

鱷魚幫少年在森林裡遊走，尋找破壞者的蹤跡。過了一會兒之後，他們放棄搜索，因為找不到任何足以解釋破壞者身分的線索。

當他們回到停放單車的地方時，歐拉夫說：「有可能是那些義大利小孩搞的鬼，或許他們想報復，因為我們不久前才把他們趕跑。」

「是你和法蘭克把他們趕跑的。」瑪莉說。

「你怎麼曉得一定是義大利人？也有可能是我們社區的人。」彼得說。

「怎麼發生這種鳥事，」漢納斯說：「現在我們沒有祕密基地了，應該要狠狠揍他們一頓。」

瑪莉最先克服失落的心情。她一邊推著腳踏車從森林走到大馬路上，一邊安慰大家：「我們才不需要小木屋呢！下雨時，根本沒辦法坐在裡面，還得撐傘才行。」

「瑪莉說得對，我們才不需要小木屋，」彼得附和著瑪莉：「沒有小木屋也無所謂。」

「沒有小木屋也無所謂，」特歐故意學他講話：「笨蛋。你的腦袋長哪去了？」

「那我們現在要在哪裡聚會？」歐拉夫問：「我們總是需要一個地方，否則鱷魚幫就只好解散了。」

「或許在『星星銀幣』酒館的角落，那個空位很棒。」魯道爾夫說。

「那個地方？那裡老是有一群騎著輕型機車的青少年，到時候他們只會找我們碴，而且每個人都可以看到我們。」威利一邊回答，一邊又梳了梳他的長髮。

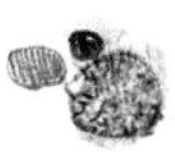

彼得突然說：「不如我們重搭小木屋，這不會太困難吧。」

「重新搭？」歐拉夫不屑的說：「好讓那些義大利混蛋隔天又全部拆掉嗎？」

「你怎麼知道是義大利混蛋破壞我們的小木屋？」瑪莉憤慨的說：「你老是這樣……不管爸爸跟你說什麼，你就只會跟著附和。」

「舊磚瓦廠應該是聚會的好地方。」彼得說。大家驚訝的望著他。

「舊磚瓦廠有禁止進入的標誌。」瑪莉回答。

「如果你要這麼守規矩，就哪裡都別想去了，到處都禁止進入。」

「這裡的森林也同樣是禁區。」特歐提醒著大夥兒。

「磚瓦廠絕對不行，」瑪莉不肯妥協的說：「自從消防隊員去過那裡之後，就是不行。」

「磚瓦廠是很不錯的聚會地點。」歐拉夫說。

「磚瓦廠不行，」瑪莉堅持：「那裡不一樣，四周圍著高大的鐵絲網，到處都是禁止進入的警告標誌。你們不是親眼目睹漢納斯差點摔下來嗎？」

鱷魚幫少年並不想回想上次的意外事故。歐拉夫說：「好吧，我們就取消試膽大會。漢納斯的事最後也算是圓滿落幕了。」

「你們全部都跑掉了。」漢納斯喊著，他的眼淚差點流出來。

「唉呀，有時候難免會發生一點意外。」特歐說，可是他的眼睛不敢看著漢納斯。「好了，歐拉夫說你有重要事情要講，不如趕快告訴我們吧。」

在距離聯邦公路不遠的一個森林小空地上，他們圍成一個圓圈坐著。漢納斯開始講述庫爾特所告訴他的一切。歐拉夫和瑪莉之前已經聽過了。

鱷魚人興致勃勃的聆聽著。

當漢納斯講完時，彼得說：「庫爾特·沃爾夫曼太強了，連跳蚤咳嗽都聽得見。」

「市區內有上千輛的輕型機車，要怎麼找到犯案的那幾輛？」正在咬手指甲的特歐問道。

「我大哥也有這種機車，座墊後面有一個綁著彩帶的橫槓。」法蘭克大聲說：「難道你們認為我哥有嫌疑？」

大家搖搖頭。

「看吧，你們現在總算知道，想找到犯案的機車有多難了吧?!」歐拉夫叫著。彼得又渾然忘我的挖著鼻孔。瑪莉撞他一下，歐拉夫也說：「嘿！彼得！如果你升天了，記得寫一張明信片給我們。」

「所有挖鼻孔的人都會拜他為始祖。」法蘭克奸笑著說。彼得感到難為情，又把他的提議說一遍：「我們就去舊磚瓦廠吧，用磚塊蓋小屋。乾燥室是聚會的好地方。」

當大家正準備出發時，漢納斯說：「等一下，我答應庫爾特，我們會帶他一起去小木屋。」

「小木屋已經毀了。」歐拉夫說。

「那就帶他去毀掉的小木屋。」漢納斯回答：「我當時不得不答應他。一言既出，駟馬難追。」

「你為什麼要答應他？你應該先問我們才對。」歐拉夫回答：「決定權仍然在我啊！」

「歐拉夫，你先冷靜一下。你自己總是說，既然答應了就要守信。現在漢納斯必須履行他的承諾。」特歐說。其他人也跟著點點頭。

「我已經答應庫爾特，不必再討論了。」漢納斯說，他對歐拉夫的態度感到氣憤。

「如果我們能夠逮到那些小偷，」法蘭克陶醉的說：「這可是一件了不起的事，還可以領取破案獎金，這筆錢可以拿來做好多事呢。」

特歐說：「那我就可以離家出走，以後再也不必推我妹的娃娃車了。」

「我要去長途旅行。」法蘭克說：「對了，我可以問我哥，說不定他曉得，我是說他一定曉得誰的機車後面有橫槓和彩帶。」

「不行，」歐拉夫說：「如果我們要追查，就要獨立行動。你懂嗎？」

「我也想去長途旅行。」彼得說。

「你？拜託，你走不了多遠，大家馬上就會認出你，因為你老是把手指放在鼻孔裡，你後面還得跟著一輛救護車，萬一你的手指突然斷掉，還可以進行急救。」特歐說。

彼得正想出手打特歐，歐拉夫介入阻止。

「不論如何，這筆錢就算讓我們每個人買一輛新的腳踏車，都還綽綽有餘。」瑪莉說。

「我的天，一千五百馬克，比我爸一個月賺的還多。」漢納斯陶醉的說。

「算了吧，」法蘭克反駁：「這個提議真的很蠢，我們要怎麼在這個大城市裡，找到庫爾特看見的那三輛輕型機車？你們已經知道，我大哥就有一輛。」

「說不定他就是其中一個竊賊啊。」瑪莉笑著說。

法蘭克瞪著大眼看她，然後問：「你說這話是什麼意思？」

「好了，別激動，」瑪莉安撫他：「只是開玩笑而已嘛。」

「真是莫名其妙的玩笑。」法蘭克一邊說一邊斜眼瞪著瑪莉。

「走吧，去舊磚瓦廠吧，」歐拉夫喊道：「我們先偵察一下周邊區域，說不定真的可以蓋小屋。」於是他們動身前往舊磚瓦廠。

抵達那裡之後，他們推著腳踏車穿過鐵絲網上的破洞。幾個禮拜前，他們發現了這個洞，每次進行試膽大會的時候，他們總是從這個洞鑽進來。

他們在乾燥室裡找到夠多的磚塊，足以搭建和森林小木屋一樣大的房

子。許多未風化剝蝕的磚頭散布在四周，到處積著有如手指般厚的紅色灰塵。這座磚瓦廠顯然已經停工多年。乾燥室是一個四面開放的長型空間，屋頂還很堅固，下雨不會漏水，不過用來晾乾磚塊的木架，卻已經腐爛了。

整個磚瓦廠區被兩公尺高的鐵絲網圍住，很多地方已經鏽蝕不堪，所以有很多破洞可讓人匍匐前進。入口處的雙扇門被一條有掛鎖的鐵鍊牢牢拴住。

鮮少有人會踏進這個磚瓦廠區，甚至連週日散步的路人也幾乎不曾經過這裡。到磚瓦廠之前的數百公尺馬路並未鋪柏油，只有碎石和沙礫遍布，而且只要一下雨，地面上的水窪要過好幾天才會乾，散步的人並不喜歡走在泥濘之中。歐拉夫和法蘭克在乾燥室的角落，找到一個適合搭小屋的好地方。其他的鱷魚人則到處走走看看，探查磚瓦廠區的環境。

兩棟缺了門而且玻璃窗破裂的樓房，讓他們望之卻步，因為那裡看起來既陰森又危險。在老舊的辦公大樓入口處，他們還發現了一個標示牌，上面寫著施若德公司曾在這裡經營磚瓦窯爐廠。瑪莉只是稍微探頭望了一下樓梯間，便立刻轉身離開，裡面的陰暗令她毛骨悚然。風颼颼的吹著整棟房子和敞開的門窗。

鱷魚幫少年開始蒐集磚塊。歐拉夫和法蘭克把磚塊疊成一面牆。即使他們曾看過別人砌牆，自己動手起來還是一點也不簡單。當磚牆高達一公尺時，又整個垮下來，因為他們既沒有水平儀，也沒有水泥。

「把牆的厚度增加兩倍，」彼得說：「這樣就不會再垮下來了。」

於是他們又重新開始疊牆。他們的臉和衣服都沾滿了紅色的磚灰。不過一小時之後，他們總算完成一座高達一公尺、長達三公尺的牆，與下一面牆的連接點也已經完成。

他們疊的牆看起來和真的沒有兩樣，他們沾滿灰塵，弄得全身髒兮兮，覺得口乾舌燥，才想起忘了帶飲料來。

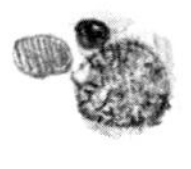

歐拉夫說：「好了，我們今天就到此為止吧。如果學校開始放假，我們就有整天的時間可以弄。現在該走了。」

他們拍掉衣服上的灰塵，也互相幫忙擦掉臉上的髒污。

「我不能這樣回家，」漢納斯說：「我爸媽一定會大驚小怪。」

「那你就去蘇格爾溪把自己好好洗乾淨吧。」瑪莉對他說。

於是大家都到溪邊清洗一番。

流經小瑞士的這條溪是狹長的細流。令人驚奇的是，經過這麼多個炎熱的禮拜之後，竟然還有溪水。

他們絕對不能讓爸媽知道鱷魚幫進入磚瓦廠的事。他們的爸媽以前就禁止孩子到那裡玩耍，自從消防隊員把漢納斯從屋頂上救下來之後，就更嚴加注意他們。

當鱷魚幫少年回到社區時，歐拉夫對漢納斯說：「你明天可以帶庫爾特一起去。至於輪椅，我們應該會自然而然習慣。既然答應了，就要守信。」

「其他人同意嗎？」漢納斯問。

「不用問。你把庫爾特帶去就是了。我倒想看看會有哪個鱷魚人敢叫庫爾特離開。」歐拉夫回答。

「不如你現在跟我一起去找庫爾特。」漢納斯央求在一旁聆聽的瑪莉。

瑪莉先是猶豫了一會兒，接著就和漢納斯一起去庫爾特家。

他們對庫爾特的父母說明來意之後，庫爾特的媽媽向他們倆解釋輪椅的機械性能。儘管她並不放心讓陌生孩子照顧庫爾特，她卻也明白庫爾特不能總是只和大人相處，有時候她無法再忍受庫爾特哀求的目光。她安慰自己，瑪莉和漢納斯是處事謹慎、值得信賴的孩子。庫爾特一言不發，他坐在特製的椅子上，在沒有人發現的情況之下自顧自的點著頭。

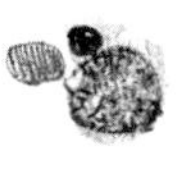

第五章　暗藏玄機的地下室

星期一下午四點鐘，所有鱷魚幫少年在庫爾特家門前集合，因為歐拉夫已在昨晚說服大家不可以排擠庫爾特。他們等著載庫爾特回家的校車回來。當這輛福特廂型車轉入銀街並停在屋前時，大家都很感興趣的看著著坐在輪椅上的庫爾特如何從車內的斜坡滑行到路上。魯道爾夫和奧圖趴在他們的法國單車椅墊上，以手代腳踩著踏板，圍著校車繞圈圈。

瑪莉和漢納斯把腳踏車停在庫爾特家的後方，因為他們要負責推輪椅，腳踏車會造成不便。

除了起初不太順手之外，一切都進行得很順利。庫爾特不斷指點他們如何操作以及什麼時候該做什麼事情。漸漸的，他們甚至覺得推輪椅還挺有趣的。

庫爾特坐在輪椅上，由瑪莉和漢納斯推著，其他騎單車的鱷魚人不斷圍著他們三個繞圈圈，他們一行人就這樣穿過了社區，這個景象看起來還頗為奇特。必要時，庫爾特便自己放慢速度，如果有困難，他也會賣力推動輪子。只有在遇到人行道旁凸起的路沿石，他們才感覺到吃力。推上人行道時，必須先把輪椅稍微往後傾斜，使較小的前輪先著地；而推下人行道時，庫爾特的輪椅必須背向馬路，然後用較大的後輪倒退推下，小前輪也就自然跟著落地了。

只要掌握要領，操作輪椅一點也不困難。他們不敢冒然橫跨交通繁忙的聯邦公路，所以先在安全的空地練習，直到庫爾特確認他們已經和他父母一樣駕輕就熟時，才穿越聯邦公路。

但是到了森林裡，在顛簸的路上推輪椅變得異常困難，必須額外加上兩個鱷魚人的協助才行。連歐拉夫也得幫忙推。

儘管他不喜歡推輪椅，他仍舊面不改色的推著。

當他們到了櫸樹附近時，漢納斯說：「你看，我們的小木屋以前在那裡。」

「整個毀了，」特歐說：「什麼都不剩。」

「真可惜。」庫爾特說。

「可是我們已經開始蓋另一個新的小瓦屋，就在舊磚瓦廠區內。這一次可就沒那麼容易被拆毀了。」法蘭克說。

「磚瓦廠對我來說太遠了。」庫爾特回答。

「太遠？」法蘭克問：「在磚瓦廠推你的輪椅，比在森林裡簡單多了。」

「好吧，那我們就去磚瓦廠。」庫爾特回答。他剛才這樣說，只是想試探鱷魚人的反應。

可是鱷魚人陷入一片沉默，甚至連奮力支持庫爾特的漢納斯和瑪莉，也不曾想過帶庫爾特一起去磚瓦廠。

「去磚瓦廠？」歐拉夫拖長著聲音：「和你去？坐在輪椅上？不行，沒辦法。」

庫爾特慢慢把輪椅轉向，眼睛直視著所有人的面孔，可是鱷魚人不想面對庫爾特，他們故意看著別的地方。只有漢納斯聳聳肩膀。

「為什麼不行？」庫爾特問：「對你們來說很難嗎？我一直以為，你們爬的都是最高的樹和最陡的屋頂。我一直以為是這樣。」

「對我們來說不成問題。」歐拉夫說：「只是對你來說真的太遠了，就是這個原因。況且到磚瓦廠之前的最後幾百公尺，是非常陡峭的上坡路，甚至沒有鋪柏油。你媽一定不會准的。」

「根本不用讓我媽知道啊。」庫爾特回答。

瑪莉試著化解尷尬：「我們就先試試看，大家輪流推。」

庫爾特感激的望著瑪莉。

鱷魚人仍舊想找藉口搪塞，試圖打消庫爾特的念頭，可是後來法蘭克和彼

得也同意大家應該聯手試試看。最後歐拉夫就不再反對了，於是他們一起出發前往磚瓦廠。

他們必須再次穿越聯邦公路。這條路上的車輛川流不息，而且沒有行人號誌燈。他們不知所措的站在人行道的邊邊上，希望某輛車會自動停下來，但是所有的車子只是呼嘯而過。於是鱷魚人遲遲不敢和庫爾特穿越馬路。

突然間，特歐跑到馬路中央的白線上，然後敞開雙臂。鱷魚人一時驚訝得說不出話來。

車輛頓時全停下來，一直到鱷魚人帶著庫爾特過完馬路為止。

「怎樣，我的表現如何？」特歐得意的喊著，彷彿期望別人特別誇獎他。

「爛斃了，」庫爾特回答：「你現在可能已經沒命了。你明知道這些瘋狂的駕駛開車不長眼睛。剛剛實在太驚險了。」

「可是我沒死啊。」特歐一邊回答著，一邊自豪的把腳踏車推到庫爾特旁邊。瑪莉和法蘭克這時繼續推著庫爾特的輪椅。

抵達磚瓦廠之前的最後數百公尺，果然非常困難，因為小前輪撞到大石頭使得輪椅無法移動，好幾次輪椅都快要翻倒。

最後當他們終於克服這些顛簸的障礙時，又出乎意外的碰到下一道阻礙，也就是兩公尺高的鐵絲網圍籬。

即使鐵絲網的破洞非常多，卻沒有大到足以讓輪椅通過。雖然瑪莉認為如果把輪椅收疊起來，就可能辦得到，但是沒有人膽敢把庫爾特抬出輪椅。若要庫爾特靠自己的力量匍匐穿過網洞，如同在家裡爬行那樣，他也不敢。

「現在怎麼辦？」法蘭克問：「我們總不能把庫爾特單獨留在外面。真糟糕。」

「所以我之前的顧慮果然沒錯。」歐拉夫一邊說，一邊以勝利者的目光望著大家。

「假如有人敢爬上鐵絲網圍籬，把上面的網格和粗鐵絲分開，鐵絲網就會自己掉下來。」庫爾特說。

「這也太扯了！把庫爾特推回家吧。」歐拉夫喊道。

「要用牙齒咬斷上面的鐵絲嗎？」彼得問。

庫爾特從輪椅左邊的皮袋子裡拿出鐵絲鉗和老虎鉗。袋子裡還有鑰匙、螺絲起子和其他工具，這些都是輪椅的配備，以便在途中進行必要的修理。

「這裡，你們有工具了，」庫爾特說著便把鉗子交給漢納斯：「現在只要有人爬上去就可以了。」

因為奧圖體重最輕，所以他踩上了歐拉夫的肩膀。法蘭克和魯道爾夫抓緊奧圖的腳。

由於部分鐵絲已經生鏽，奧圖輕而易舉就把網格從固定處扭斷。雖然花了幾分鐘的時間，但是他把鐵絲剪得非常開，以致於有一部分的鐵絲網整個脫落，圍籬也出現了一個大洞。

「你還真重。」當奧圖爬下來時，滿身大汗的歐拉夫喘著氣說。

「軟腳蝦，」奧圖對歐拉夫說：「還想當老大？」

接著他們小心翼翼的推著庫爾特穿過網洞，進入磚瓦廠區，最後到達他們正在重新搭建小屋的乾燥室。

一到那裡，他們立刻脫掉襯衫，開始工作。他們想在這個下午築完第二道牆。庫爾特只是坐在輪椅上看著他們工作，感覺自己有些多餘。

最後他說：「我自己去廠區內晃一晃，你們不必幫我，我自己辦得到。」

不過他卻留在原地不動，尷尬的望著鱷魚人。

「怎麼了？」瑪莉問。

庫爾特吞吞吐吐，最後才終於說出口：「該怎麼說才好……我想上廁所……對不起。」

現在換鱷魚人陷入一陣尷尬，他們面面相覷，不曉得該說什麼才好，更不知道該怎麼處理。

「我早就知道，」歐拉夫說：「現在好戲上場了。你就尿在褲子裡吧，我無所謂。」

「你這個笨蛋。」瑪莉叫著。

庫爾特說：「只要兩個人把我抬起來就行了。然後兩個人扶住我，我就可以自己站著。」

法蘭克和歐拉夫起先遲疑了一下，接著便把庫爾特抬出輪椅。輪椅已用煞車裝置固定住了。

「接下來呢？」歐拉夫生氣的問。

「現在要有人幫我拉開褲檔的拉鍊，掏出我的……」庫爾特說這話時，顯得十分難為情。

「但是你總會自己一個人尿尿吧！」歐拉夫喊道，其他人大笑。

鱷魚人不知所措，又開始面面相覷。突然間，瑪莉果斷的走向庫爾特，接著拉開他的褲檔，掏出他的小鳥，讓庫爾特能夠小便。之後瑪莉又幫庫爾特把衣服穿整齊，接著歐拉夫和法蘭克把他抬上輪椅。

瑪莉環顧四周，堅定果決的說：「好了，你們這些懦夫，現在看到了沒，就是這麼簡單。」

鱷魚幫的少年們不吭一聲，甚至連歐拉夫也不敢再誇口。於是他們又開始動工。他們非常賣力，彷彿今天就得完成小瓦屋的工程。

庫爾特看了一會兒之後，就慢慢的轉動輪椅離開乾燥室。瑪莉朝著他的背後呼叫：「小心一點，別去太遠的地方！整個磚瓦廠的內院都是石頭。」

庫爾特的雙手轉著大輪子，慢慢往磚瓦廠的內院移動。雖然從他的房間可以看見這片區域，可是從來無法俯瞰到完整的全貌，永遠只能用望遠鏡瞥見一

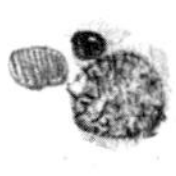

隅。庫爾特小心迴避遍布四周的礫石和瓦片。

這個時候，天氣變得更熱了，鱷魚幫少年只穿著泳褲搭建小瓦屋。這也是為了讓他們的衣物不至於弄髒，免得回家後爸媽會懷疑。

庫爾特轉動著輪椅，來到磚瓦廠內院的中央。他環顧四周。那座已經荒廢的辦公樓，就在以粗鐵鍊鎖著的大門旁。這裡的一切顯得非常蒼涼蕭瑟，感覺就像是野獸才會出沒的地帶。庫爾特緩慢的轉動輪椅，小心謹慎的朝著舊辦公樓駛去。他好奇想看看那裡還有什麼，說不定會有其他的發現。

在舊辦公樓前方大約五十公尺處，有一座高聳的工業用爐，爐面上的砌磚已經脫落，看起來隨時有崩坍的危險。

庫爾特想進入辦公樓內，可是不管他怎麼努力，就是無法越過門檻。那裡其實已經沒有門了，只剩下一個四方形的黑洞。經過好幾次的助跑動作，庫爾特終於越過門檻。裡面的走廊非常陰暗，室外刺眼的陽光仍令他目眩，他只能看得出大略而已。他心想，繼續進入這棟樓的內部瞧一瞧或許是個好主意。

然而他沒有看到走廊朝著樓梯的方向傾斜。就在他察覺之前，他的輪椅已經自行滑動。他驚恐萬分，一時忘了啟動煞車，結果撞上一面離他大約三公尺遠的牆，強烈的衝擊力讓他差點從輪椅內飛彈出來。

他昏昏沉沉的呆坐著。當他從驚嚇之中恢復神智時，他試著將輪椅轉向，準備靠自己的力量回到屋外。可是這個走廊的坡度過陡，若是沒有別人協助，他就無法離開這裡了。他筋疲力竭的坐著思忖，接著放聲大叫：「救命！你們快來這裡！是我！庫爾特！救命！快來這裡！」

當庫爾特持續的呼救卻沒有任何回音時，他開始心生恐懼。

正忙著蒐集磚塊頭的鱷魚人，一直到二十分鐘之後才發覺庫爾特失蹤了。

瑪莉是最先發覺庫爾特失蹤的人。她立刻去找他，她跑出了乾燥室，不見庫爾特的人影，於是她呼喚他的名字，然後跑回乾燥室告訴其他人庫爾特失蹤

的消息。

「別管他了，」法蘭克回答：「我們不需要照顧他，他比我們想像中更獨立，他能自己救自己。」

可是自覺有義務保護庫爾特的瑪莉，內心仍舊感到很不安。她又走到屋外，這一回她覺得好像聽見求救聲。她仔細聆聽，把手合成貝殼狀摀在耳朵上，最後果真聽見求救的尖叫聲，不但非常清晰，而且聽得出是從哪裡傳來的。瑪莉趕緊通報鱷魚人。

鱷魚人紛紛放下手邊的工作，直直穿過磚瓦廠內院，往瑪莉指示的舊辦公樓急奔。

歐拉夫最先到達這棟樓。當他踏入走廊時，頓時感到頭昏目眩，伸手不見五指，但是庫爾特的眼睛已經習慣了黑暗，他大叫：「謝天謝地，你來了，我困在這裡無法自己移動。」

歐拉夫只說：「都怪你太好奇，你沒事跑來這裡到底想幹什麼？」

接著其他鱷魚人也氣喘吁吁的趕到了，他們瞠目結舌的盯著這條走廊。

「天啊，庫爾特，你做了什麼好事？」彼得問：「你來這裡想幹什麼？」

「對不起，嚇到你們了，我並不曉得這條走廊往下傾斜。」庫爾特低聲下氣的說。

「你還真會惹事。」歐拉夫叫著說：「才一開始你就搞出這麼大的事。再有下次，你就留在家裡好了。」

「知道了啦，」庫爾特說：「你先冷靜下來，不妨去地下室，看看鐵門後面有什麼。」

這時也漸漸習慣黑暗的鱷魚人，望著庫爾特指著的方向。

「真的耶，」法蘭克喊著：「那裡有一扇鐵門！」

「大家跟我走，」歐拉夫說：「我們到底下察看。」

「會有什麼東西？頂多就是小老鼠和蜘蛛，或許還有大灰鼠。」瑪莉說。

「嘖，嘖，嘖，小妹妹害怕了，」歐拉夫高聲說：「你可以留在這裡照顧庫爾特呀。」

「我本來就想留在這裡。」瑪莉不服氣的回答。

「不過我現在就可以告訴你們，下面有什麼東西。」庫爾特神祕的說。

大家望著庫爾特，彷彿他在胡言亂語。

「是嗎？難道你去過地下室？」歐拉夫錯愕的問。

「怎麼可能去過？可是我知道底下有什麼。你們去吧，一定會讓你們大吃一驚。」

「你能夠未卜先知嗎？」漢納斯問。

「我雖然不能未卜先知，但是我相信我的推測是正確的。」庫爾特回答。

鱷魚人慢慢走下樓梯，歐拉夫帶頭，跟在後面依序是法蘭克、彼得、特歐、奧圖、魯道爾夫和威利。漢納斯、瑪莉和庫爾特留在走廊上。

鐵門卡住了，很不容易打開。三個男生用腳頂住牆壁，然後一公分一公分慢慢拉開嘎吱作響的鐵門。

最後門縫終於寬到能夠讓他們進去。

他們驚愕不已的愣在門口，激動的抓住彼此的手臂，彷彿要互相鼓舞士氣。

歐拉夫打破了沉默：「這些東西……這些東西不得了。」

「這不是什麼東西，」法蘭克低聲說：「這簡直是座倉庫。」

光線從地下室的窗戶滲了進來，他們現在可以清楚看到所有的東西。

這裡堆著數百瓶葡萄酒、許多箱啤酒和烈酒、手提收音機、電視機，以及不計其數的香菸盒、罐頭、玻璃罐裝水果，還有兩輛靠在牆邊的全新自行車。

「我的天啊！」歐拉夫小聲說：「這也太扯了。」

「怎麼樣，我的猜測很準吧？」庫爾特在上面胸有成竹的喊道。

「好，我們快離開這裡吧。」歐拉夫又低聲說，似乎擔心外頭有人會聽到他的話：「如果壞人這時候出現，我們一定會挨揍，或者惹禍上身。」

他們躡手躡腳的依序走出地下室，然後用盡所有力氣把門關上。

大家不再大聲說話。瑪莉和歐拉夫推著庫爾特到外面，等到他們抵達乾燥室並進入半完工的小瓦屋時，歐拉夫輕撞了庫爾特一下，問道：「你猜到這裡會有倉庫？」

「嗯，我是這樣推測沒錯。你們仔細想想，有誰會把這裡當倉庫？我不用下去也猜得出來，你們發現了手提收音機、電視機、腳踏車、香菸……」

「等等，」瑪莉驚嘆：「難道你真的有未卜先知的能力？」

法蘭克忽然拍打自己的額頭大喊道：「那當然了！還會有誰？！那些小偷。那些騎輕型機車的傢伙。如果庫爾特的推論正確，就是他們把這裡當倉庫的。」

「那當然，還會有誰？」庫爾特高聲說。

「哪些小偷？」彼得一邊問，一邊困惑的望著大夥兒。他正渾然忘我的挖著鼻孔。

「拜託噢，你乾脆把你的問題裝在相框裡，然後掛到牆上算了。」瑪莉嘲笑他說。

「別鬧了，」彼得回嘴：「你自己也沒多聰明。」

「是那些騎輕型機車的小偷，」庫爾特說：「相信我，他們把贓物藏在地下室裡，因為很安全，沒有人會去那裡。」

「我相信庫爾特說的是事實。」歐拉夫說。

「我說的當然是事實，從我的房間可以用望遠鏡看到這塊區域，雖然我沒辦法看清他們的長相……我說的當然是事實。」

「沒錯，要藏東西的人，通常都把東西藏在地下室。我們出入這個地方這麼多次，卻什麼都沒發覺。假如不是庫爾特今天意外滑下走廊，我們到現在還是一無所知。」法蘭克說。

「這些小偷一點都不笨。他們先把東西藏在這裡，直到可以轉賣為止，或者自己拿來用。」歐拉夫說。

「自己用？哪有人用得著二十台手提收音機？」彼得叫著說。

「我們現在知道這麼多內幕……」特歐插嘴：「怎麼辦？我們現在該怎麼處理？」

特歐的話讓鱷魚人陷入窘境，因為沒有人曉得答案。大家望著庫爾特，彷佛期待他想出解決方法。庫爾特的優點，就是不按牌理出牌，常會想出一些奇招。瑪莉曾經告訴鱷魚人：「因為庫爾特無法走路，所以他比我們會思考。」

但是庫爾特聳聳肩，就連他也沒有對策。他說：「我們最好先離開這裡。

說不定小偷也會在白天來倉庫。假如他們在這裡逮到我們，就死定了。畢竟我們沒有證據。」

瑪莉和漢納斯推著庫爾特到鐵絲網圍籬邊。即使他們已經很熟練輪椅的操作，可是仍舊感到很吃力。

快到圍籬時，已經有幾個鱷魚人跳上了自行車，卻忽然聽見庫爾特喊道：「我有辦法了。」

所有鱷魚人停下腳步，彷彿這句等待已久的話令他們如釋重負。他們圍著庫爾特，一臉期待的望著他。

「什麼辦法？」歐拉夫迫切的想知道。

「我認為現在不必再去找輕型機車了。我們只需要埋伏在這裡，只要這些小偷又闖空門行竊，我們就等他們來這裡拿贓物或者藏東西……這樣很清楚吧，你們覺得呢？」

「一點都不清楚，」歐拉夫回答：「說不定我們得枯等一整年，才會有人現身。」

「假如地下室裡的倉庫根本不屬於那些小偷，那怎麼辦呢？」奧圖問。

「拜託噢，你還真聰明，」法蘭克叫著：「難道你以為那是百貨公司的倉庫嗎？太扯了，連雞都會笑你。」

「那是小偷的倉庫，這點很清楚，根本不用再討論。」庫爾特說：「你們剛發現的東西，不都登在報紙上嗎？就是這類贓物，收音機、電視機、香菸……」

「好了！」歐拉夫喊道：「雖然我們很清楚倉庫是誰的，可是若要照庫爾特的提議埋伏在這裡，可就不太容易了。難道你覺得他們會在大白天來嗎？他們只可能會在深夜來這邊，白天對他們來說太冒險了。」

所有鱷魚人贊同的點著頭。

「歐拉夫，你說得的確沒錯。如果那些小偷是騎輕型機車的傢伙，他們就只會在深夜來這裡，可惜我們當中沒有人這麼晚還能外出。」

「哪有人能夠整晚埋伏在這裡？」法蘭克說。其他人又贊同的點著頭。

「真是可惡！」庫爾特叫著：「我們有新線索卻無法行動。我們沒辦法證明什麼，什麼都不能。」

「一千五百塊馬克。」彼得輕聲說，他的眼睛發亮。

「嘿，彼得，別作夢了，這件事比較要緊。」歐拉夫一邊說一邊戳他。

鱷魚幫少年慢慢走回他們的社區。他們在路上輪流推著庫爾特，並牽著自行車走在輪椅前後。

當瑪莉和漢納斯按庫爾特家的門鈴時，他媽媽緊張的跑了出來。她擔心得不得了，已經在住家附近到處打聽是否有人看見她兒子和其他少年。起初她想責怪瑪莉和漢納斯，可是當她看到庫爾特露出滿足的神情時，也就不再計較。

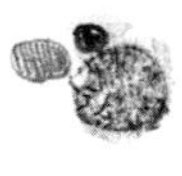

「如果你們下次再去這麼久，至少也說一聲你們去哪裡。」庫爾特的媽媽說。

「沃爾夫曼太太，您不必擔心，我們操作輪椅已經很熟練。如果您不反對，我們之後會常常帶庫爾特一起出門。」瑪莉說。

「我不反對，可是我要知道你們去哪裡了。」她回答。

瑪莉回家去了，漢納斯則跟著進庫爾特家。他又觀察著沃爾夫曼太太如何將庫爾特扛在肩膀，然後又扛在背上進入屋內。

庫爾特在家裡獨自爬入房間，速度之快令漢納斯再次驚異不已。庫爾特爬上靠在窗戶邊的特製椅，從架子裡拿出望遠鏡，然後靠在眼睛上。

「你也不可能整晚坐在這裡。」漢納斯說。

「其實也不是不可能，」庫爾特回答：「可是我沒有夜間用的望遠鏡。」

「這樣觀察根本沒意義。」漢納斯說。

「說不定有用，」庫爾特回答：「我的運氣有時候還不錯。你看，當時我也因為運氣好，所以看見小偷在克歐普超市裡。」

「假如你整晚坐在這裡，隔天早上會很累。」漢納斯說。

「很快就放暑假了。漢納斯，你知道嗎，其實我也不必整晚坐在這裡。如果那些小偷出現在磚瓦廠，肯定不會在半夜十二點以後。」

「你怎麼知道？」漢納斯問。

「我怎麼會知道？我就是這麼覺得。」庫爾特回答。

「好吧，那就祝你好運，我現在非得回家不可了。」

可是漢納斯又待了半個小時，有時候他也拿起望遠鏡看外面。他能夠辨視磚瓦廠的各個細節，可是想要在這種距離之下看清竊賊的臉孔，庫爾特的雙筒望遠鏡根本無法勝任。

第六章　三個機車騎士

從那天起，直到七月十八日開始放暑假的期間，鱷魚幫少年幾乎都沒有再去磚瓦廠，因為擔心那些竊賊會發現他們，破壞整個計畫。他們只去了乾燥室兩次，以便完成小瓦屋的搭建工作。這兩次他們並沒有讓庫爾特參與。他們也常常騎自行車繞著磚瓦廠，探查周遭是否有任何異樣，不過並未發現可疑的情況。他們不敢再去地下室，所以無法得知裡面的東西是否有增減。

就連善於解決問題的庫爾特，也不知道該怎麼辦。他沒有告訴大家，他把閒暇時間都用來以望遠鏡觀察磚瓦廠。然而到目前為止，他也沒有發現任何可疑跡象。

有一天漢納斯又去找庫爾特，當時正在下雨，他們不能到外面活動，漢納斯對他說：「你知道嗎，法蘭克的哥哥晚上可以外出，因為他年紀夠大，應該滿十八歲了吧，我們應該告訴他這件事，他可以和他那些朋友一起埋伏。」

「不行，千萬不能向他哥洩漏任何事，千萬不能讓他知道。」庫爾特高聲說，連他自己也被嚇了一跳。

「為什麼不行？」漢納斯驚訝的問。

「我也不曉得為什麼……總之我們不該把他哥牽連進來。」庫爾特回答時，刻意迴避漢納斯的目光。

「你好奇怪。」漢納斯說。

「答應我，你不會對他哥透露有關小偷的消息。」庫爾特激動的說：「你發誓！」

漢納斯聳著肩膀回答：「如果你堅持，那就聽你的。不過我還是不懂為什麼不能告訴他。」

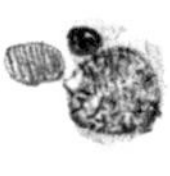

「假如我能走路，」庫爾特突然說：「我一定知道該怎麼做。」

「怎麼做？」

「以後再告訴你。」

「你就跟我說嘛。」漢納斯央求：「或許我可以幫你。我能走路。」

「唉，算了吧，這只是我隨便的猜測。我想偷偷監視某人。」庫爾特邊說邊從漢納斯的手中拿走望遠鏡。

「監視誰呀？」漢納斯問。

這時，法蘭克突然來了，儘管天氣很熱，他還是穿著長褲。他劈頭就說：「我們應該報警。」

「你已經和歐拉夫討論過了嗎？我們不是約定在先，等我們確定誰是小偷再報警嗎？」漢納斯回答。

「那我們可有得等了。」法蘭克回答。

「我正在觀察磚瓦廠區。」庫爾特說。

「拜託你，這樣一點進展也沒有。」法蘭克不耐煩的回答。

「說不定會發生什麼事，我們只需要有點耐心。」庫爾特繼續說：「有時候事情進展得比想像中快。」

「反正我就是覺得太慢了。」法蘭克又高聲說：「自從我們發現倉庫之後，已經過了十四天，有進展嗎？完全沒有，知道的事情也不過就是之前那樣。而且我們幾乎都不敢再去磚瓦廠了。」

庫爾特緩緩的說：「法蘭克，你知道嗎，你們會走路，所以才會這麼沒耐心。我只能一直坐在輪椅上，等著人家來推我出去，所以我學會了等待。」

庫爾特這樣講話時，讓人覺得他彷彿已經是個大人了，忘記他和其他鱷魚人一樣還只是個少年。

法蘭克不知道該怎麼反應才好，他喜歡庫爾特，大家都喜歡庫爾特，甚至

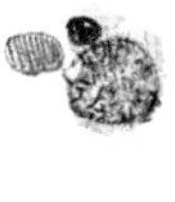

連最初反對庫爾特加入鱷魚幫的歐拉夫也不例外。現在大家根本就不再介意幫他推輪椅。

在法蘭克離去前，庫爾特說：「我有一個辦法，只要等這些小偷再闖一次空門，我們就去埋伏。他們偷了東西之後，沒多久就會去磚瓦廠。」

起初法蘭克對庫爾特的提議很感興趣，可是馬上又揮手否決，他說：「聽起來雖然很簡單，實際上卻沒這麼容易。你要知道，竊案被發現時，早已是上午了，小偷去磚瓦廠一定是行竊當天晚上，可是那時我們正躺在床上睡覺，一直到隔天早上看報紙才曉得發生了什麼事。」

「是啊，我知道，」庫爾特回答：「可是我們該怎麼辦呢？你也知道，如果我們不想告訴爸媽，也不想報警——我們確實也不想，那麼這是我們唯一的機會了。」

「那就明天見。」法蘭克說完便離開了，漢納斯在幾分鐘後也回家了。

他們兩個離開後，庫爾特又從架子上拿出望遠鏡，目不轉睛的盯著磚瓦廠區以及通往那裡的小路，可惜並未發現可疑之處。和平日一般，陽光普照在磚瓦廠區，只有一回他看見一個牽著狼犬散步的男人。

他媽媽進了房間，一臉懷疑的責問他：「兒子，你到底怎麼了，最近你只是坐在那裡，一直拿著望遠鏡看。」

「沒事，我只是突然迷上了望遠鏡。」庫爾特回答。

「兒子啊，兒子，我真是搞不懂你。」她說完便搖著頭離開了房間。

她才剛走，庫爾特又拿起望遠鏡。他的眼睛已經瞪得發痠，但是他忽然看到令他振奮不已的景象：三個輕型機車騎士繞著磚瓦廠區。幾分鐘之後，他們在庫爾特看不到的廠房另一頭消失了蹤影，可是不久之後又再度出現。庫爾特認出這三輛輕型機車。其中一輛是綠色，椅墊後方有一個飄著彩帶的橫槓，機車上坐著法蘭克的哥哥艾恭。

庫爾特情緒激動的一直舔著嘴唇。稍後他還聽見這三輛機車從大馬路上呼嘯而過的聲音。他放下望遠鏡，看著這三個騎士經過他家門前。

無庸置疑，那正是法蘭克的哥哥艾恭，還有父親是警察的卡爾利，第三個他並不認識。庫爾特心想，這實在太荒謬了，把他們三個當成是嫌疑犯根本就是天大的錯誤，他們只是因為好玩，或無聊沒事到處逛逛而已。

不，艾恭和竊盜案完全扯不上關係。他是個彬彬有禮的年輕人，有一次他碰巧經過庫爾特家，因為庫爾特的爸爸不曉得該怎麼修理輪椅，艾恭便從他手中拿起螺帽扳手，並說：「沃爾夫曼先生，讓我來吧，我是機械師，對這個很在行。」於是他在庫爾特家門前的路上修輪椅。五分鐘後他已經裝好右輪輪軸，讓庫爾特和他爸爸又可以繼續上路。在他修理的過程中，庫爾特完全不用站起來。

不，艾恭和竊盜案無關，艾恭是個很有教養的人，他的弟弟法蘭克也是，庫爾特也很喜歡他。

暑假的第二個禮拜，鱷魚幫少年將恐懼和害怕拋置一旁，在庫爾特家門前集合之後，便前往磚瓦廠。

一到磚瓦廠區，歐拉夫和法蘭克便率先奔向舊辦公樓，到地下室瞧個究竟。他們沒有發現任何改變，沉重的鐵門看起來似乎和十四天前一樣，仍舊開著同樣大小的門縫。這期間應該沒有人來過地下室。

「我們應該把東西搬出來，抬到我們的小瓦屋。」法蘭克說。

「你瘋了，」歐拉夫說：「這種大熱天，你有辦法穿著長褲走來走去嗎？」

接著他們離開了地下室。在乾燥室和其他鱷魚人會合時，歐拉夫說：「什麼都沒變，所有的東西都原封不動的在那邊。」

「見鬼了。」彼得發著牢騷說。當他正想把手指頭放進鼻孔時，瑪莉一把

抓住他的手臂，彼得頓時滿臉通紅，轉過身去。

最近幾天，奧圖和魯道爾夫在不遠的垃圾場蒐集了許多舊塑膠板，要拿來鋪小屋的地面。特歐和彼得把撿來的板子沿著疊起來的磚牆擺放，用來當作椅子。瑪莉帶來一個舊花瓶，那是她從父母的花園小屋裡順手拿走的。但是其他人只是嘲笑瑪莉。

彼得想要報復她，故意說：「那你怎麼沒有帶醜不啦嘰的薊草，好插在這個沒人要的花瓶裡啊？」接著他又加了一句：「你說嘛，你到底有沒有穿胸罩？」

其他人嗤嗤竊笑。瑪莉用手肘把彼得撞到一邊，彼得痛得皺起臉。

直到傍晚，鱷魚幫少年一直留在小屋裡，聽著歐拉夫帶來的卡帶錄音機。他們也討論起庫爾特之前提出的埋伏計畫。但是這個計畫很快又被擱置，因為他們必須承認法蘭克的顧慮有道理，等到他們得知竊盜案又發生的消息，小偷肯定早就逃之夭夭了。

「真是急死人了」，歐拉夫說：「我們發現倉庫之前，幾乎每個禮拜都發生竊盜案。現在這些傢伙卻好像從地球消失一樣。」

「真可惡。那現在怎麼辦？」彼得說。

「什麼現在怎麼辦？什麼都不必做，繼續等就好。」庫爾特說。

「你就只會等。」歐拉夫回應道：「我們不像你時間那麼多，我們要趕快拿到懸賞獎金，才能用這筆錢做想做的事。」

「我也想拿到獎金啊。」庫爾特說。這時大夥兒注視著他。

最後瑪莉問：「你要怎麼用這筆錢？」

「那不然你們要怎麼用這筆錢？」庫爾特問。沒有人答得出來，因為還沒有人認真考慮過，獲得懸賞獎金之後將如何運用。

「所以你們也不知道啊。」庫爾特說。

稍後漢納斯和瑪莉又協助庫爾特進家門。

「你們去哪裡了？」庫爾特的爸爸背著他到屋內時這麼問。

「去森林裡。」瑪莉撒謊。庫爾特和漢納斯點點頭，因為他們也覺得這時候說實話不太明智。畢竟磚瓦廠是禁止進入的區域。接著瑪莉就離開了，漢納斯則留下來。

庫爾特忽然對他說：「嘿，漢納斯，這或許有點荒謬，不過我猜……」

「你知道小偷是誰？」漢納斯隨即回問。

「不是，我只是猜測而已，但是我可能猜錯了……算了。」

漢納斯離去之後，庫爾特的媽媽進了房間並且直截了當的問：「說吧，庫爾特，現在就告訴我，你們一直神祕兮兮的，到底發生了什麼事？」她在一把椅子上坐下來，暗示庫爾特除非他說出真相，否則她不會離開。

於是庫爾特只好把事情經過一五一十的告訴她。她只是傾聽，沒有打斷庫爾特的話。等到庫爾特說出他覺得誰有嫌疑時，她才打斷庫爾特說：「沒有證據，就不可以指控別人。你先放在心上，別說出去，然後睜大眼睛仔細觀察……但是你可以繼續查這件事，我不反對，只要其他人把你照顧好，你也不會覺得太吃力就可以。」

歐拉夫在星期六上午對鱷魚人發布了指示，大家必須偵察並記錄社區內所有輕型機車的車牌號碼，尤其是外型符合庫爾特所描述的機型。

他們騎著自行車在鸚鵡社區的大街小巷繞來繞去，還察看了屋子的後院和花園。

這又是個異常悶熱的一天。瑪莉獨自推著庫爾特穿過社區，一直到教堂前的廣場。鱷魚人表決後，決定在這裡碰面。

當所有的鱷魚人終於在教堂廣場上會合時，時間早已過了中午。大家把記

錄下來的車牌號碼交給庫爾特，由他在筆記簿內依序記下。

他們的收穫並不多，總共在社區內找到十三輛綠色的輕型機車，十輛紅色。其中只有四輛綠色機車的座位後方有繫著彩帶的橫槓。

「如果法蘭克他哥的車不算在內，就還剩下十二輛綠色的輕型機車，說得清楚一點，就只剩三輛綠色機車有橫槓和彩帶。」

「為什麼法蘭克他哥的車不算？」艾恭明明就有一輛綠色輕型機車。綠色就是綠色，管他是誰的車？」彼得抗議。

「你的頭殼壞了。」法蘭克激動的說：「我警告你們，別把我哥和這件事扯在一起。」過了一會兒，他又補充一句：「否則我就不參與了，我可是說到做到。」

艾恭的輕型機車車號是 110 GBB，庫爾特寫了下來。

沒多久他們便發覺這些車號沒有太大用處，他們站在教堂廣場上，不曉得該如何是好。他們把事情想得太過簡單，現在卻發現情況非常棘手。雖然他們查到了車號，可是並不曉得車主是誰。

「假如我們能半夜從家裡開溜，一切就好辦多了。」彼得說。

能夠在半夜起床的人，就只有庫爾特。而且靠著他的望遠鏡，他也有機會目睹周遭的動靜。

當鱷魚人逼著庫爾特每夜觀察磚瓦廠區時，庫爾特只是聳聳肩膀說：「難道你們以為我整晚都不用睡嗎？」

他原本想告訴大家，他已經向媽媽透露整件事的經過，不過最後還是決定隱瞞不說，免得遭來大家的責罵和尷尬的質問。

「我們現在知道的和之前沒兩樣，」歐拉夫說：「可惡，我想得太容易了。」

「那可是一大筆錢。」彼得一邊說，一邊緊緊壓住鼻子。威利咬著手指

甲。漢納斯和瑪莉又推著庫爾特回家。瑪莉離去之後，漢納斯開口問：「說吧，庫爾特，你覺得誰有嫌疑？」

「沒有啊，我沒有懷疑任何人。」庫爾特回答。

「有時候我覺得法蘭克他哥就是其中一個小偷。」漢納斯有點遲疑的說。他望著窗外，彷彿說出這句話令他感到很不好意思。

「你怎麼會這樣想？」庫爾特試探的問。

「我不知道為什麼會這樣想，我就是覺得好像……」

「我知道你的意思，」庫爾特回答：「可是我們沒有證據，什麼證據也沒有。光是輕型機車，不足以當證據，我當時並沒有看見他們的臉……有時候我也覺得他有嫌疑。」

「你也這樣懷疑？」漢納斯驚訝的問。

「可是為什麼艾恭會參與？艾恭是個很棒的人，他還幫忙我爸修理輪椅。」

漢納斯說：「庫爾特，我們就放棄追查這件事吧。或許這一切根本不是我們想像的那樣……可能完全不是那麼一回事。」

「不，我不是這個意思，漢納斯，我還是相信我們掌握了正確的線索。」

庫爾特的家人留漢納斯吃午餐，但是他還是跑回家了。因為他怕被捲入更多麻煩中，而且他爸媽想在稍晚時到威斯法倫公園散步，或許還會搭電梯到電視塔頂端喝下午茶。

「那就明天見了，你的望遠鏡不錯，反正你也沒事做，說不定還會有新發現呢。」

當庫爾特一家人吃晚餐時，庫爾特的爸爸忽然問：「說吧，兒子，發生了什麼事？最近你們在房間裡總是神祕兮兮的。」

他媽媽搶先一步答道：「哪有什麼事？只是比以前吵鬧一些，因為庫爾特現在有玩伴了，難道你反對他交朋友嗎？」

「反對？我怎麼會反對，我高興都來不及。」庫爾特的爸爸回答。

「那就好啦。」他的妻子一邊說，一邊偷偷向庫爾特點頭示意。

結果次日上午發生了以下的事情：

法蘭克和漢納斯先來接庫爾特，之後瑪莉也來幫忙推庫爾特去磚瓦廠。上午的氣溫超過三十度，害得他們汗流浹背。他們帶了夾著料的脆皮麵包，彼得和奧圖還帶來裝了茶的保溫壺，因為他們想要整天待在小瓦屋裡，中午不打算回家。這次歐拉夫又帶來了他的卡帶錄音機。

他們有的打球，有的騎單車表演雜技，尤其以奧圖和特歐的花招最酷，他們會在坐墊上倒立，或者一邊放手一邊逆向坐著騎車，只用手拿著一面鏡子照臉，以便辨識路的方向。

在暑假這段期間，他們的父母無法帶他們去度假，因為很多人的爸爸都在打零工，付不起旅費，為了補償他們，所有的鱷魚人都得到比平常還多的零用錢。至於庫爾特，也得等他父母在工人福利聯盟的度假村申請到房間，才有辦法去旅行，因為飯店和民宿的消費太高，而且沒有能夠推輪椅進房間、浴室和廁所的設備。

特歐和威利的爸爸甚至已經失業了好幾個禮拜，不得不節省支出。漢納斯的爸爸總是說：「天曉得還會發生什麼事。」

正當鱷魚人在中午進入小瓦屋吃麵包時，庫爾特坐著輪椅獨自在內院閒晃，他不餓。

庫爾特現在比較能夠四處遊蕩，因為奧圖、威利和特歐清除了內院可能讓庫爾特發生危險的磚頭、屋瓦和其他障礙物。他們還在乾燥室的混凝土邊緣擺了兩塊板子，好讓庫爾特能夠獨力在上面行駛輪椅。

就在磚瓦廠區的南面，也就是有崩坍之虞而特地被圍起來的巨大工業爐那

裡，庫爾特注意到兩輛輕型機車，正穿過他不曾見過的圍籬破洞，朝著內院的方向過來。

他們推著輕型機車穿過了圍籬。

庫爾特立刻認出法蘭克的哥哥。雖然他已經見過另一個騎士，可是不知道他的名字。庫爾特來不及躲起來，坐在輪椅上的他就愣在正中央，有如紀念碑一樣一動也不動。當他們兩個看見庫爾特時，也感到很錯愕，一副有點不知所措的樣子，他們也無法默默的開溜，因為庫爾特已經認出他們了。

他們牽著輕型機車走向庫爾特。就在庫爾特的面前，艾恭粗魯的問：「喂，你在這裡幹麼？你怎麼進來這裡的？」

庫爾特起初不想回答，他不願洩露鱷魚幫的藏匿地點，可是假如他說自己一個人來這裡，他們兩個一定不會相信。

所以庫爾特說：「和其他人一起來。」他指著乾燥室。

「和哪些人？」艾恭狐疑的問。

庫爾特又指了指乾燥室。這時歐拉夫、法蘭克和瑪莉正從那裡走出來。

法蘭克很驚訝會在磚瓦廠內院遇到他哥哥。

「你們自己滾吧，」艾恭用威脅的語氣說：「否則我們就把你們趕走。你們不識字嗎？外面掛著一個大牌子，禁止進入磚瓦廠。」

「難道對你來說，就不禁止嗎？」法蘭克問他的哥哥。

「你這個猴死囝仔，給我閉嘴。否則我就告訴老爸。」艾恭狠狠的罵弟弟。

「那又怎樣？」法蘭克答道：「如果我不准來這裡，你也一樣不准，我也會告訴老爸，你搞清楚。」

「猴死囝仔，不要沒大沒小，」艾恭對他吼著：「否則我就打你幾巴掌。」

艾恭果然擺出一個想打法蘭克的動作。

庫爾特早有預料，就在艾恭準備對弟弟大打出手時，庫爾特頓時轉動輪

椅，壓過艾恭的左腳。艾恭沒有心理準備，一時重心不穩跌在地上。

鱷魚人放聲大笑。

當艾恭吃力的爬起來時，庫爾特假裝很友善的問：「你跌倒了嗎？我很抱歉。你難道沒有注意到我的輪椅有小前輪嗎？」

艾恭很不爽，倒不是因為他跌倒，而是因為鱷魚人嘲笑他。他對著庫爾特吼道：「如果你敢再來一次，我就把你丟出輪椅，你試試看吧。看你怎麼再坐進你的輪椅。」

「你要是敢這樣，」歐拉夫突然生氣的說：「我們就把你揍得鼻青臉腫，我先警告你，然後刺破你的輪胎，看你怎麼再騎你的機車……你……你……」

就在這時，其他鱷魚人也從乾燥室跑到內院來，他們不約而同對艾恭和他朋友擺出威嚇的姿態。

「別這樣，」庫爾特說：「艾恭根本沒有這個意思。」

「閉嘴，」艾恭對著他大叫：「我就是這個意思，你這個可惡的小鬼。」

但是當艾恭和他的朋友察覺到鱷魚人面帶威脅的模樣，就不敢再那麼氣勢凌人。

艾恭又瞄了周圍一會兒，接著對他的朋友打了一個手勢，他們便跳上輕型機車，騎向圍籬的破洞，然後又跳下來推著機車穿過去，稍後再也看不到他們的蹤影，只有引擎聲還持續了幾分鐘。

「嘿，庫爾特，」歐拉夫一邊喊著，一邊拍著庫爾特的肩膀，「幹得好。還把輪椅壓過艾恭的腳趾，太酷了。」

戴著蘇格蘭帽的特歐冷不防的說：「不會吧？他們兩個和竊盜案無關吧？他們可能只是碰巧經過這裡，就和我們當初一樣。」

「你不要亂猜！」法蘭克叫著，差一點就哭了出來。「他要做什麼不干我們的事，他只是很囂張而已。我哥是很棒的人。」

「沒錯，」庫爾特附和說：「連我爸都沒辦法修理我的輪椅，他卻修好了，也沒收我們的錢。」

經過這段巧遇，他們的好心情頓時煙消雲散。彼得、特歐以及總是在褲子上扣著帶鍊折刀的魯道爾夫，都不禁陷入了沉思，連玩遊戲也變得不太專心。

瑪莉問庫爾特：「你能夠解釋艾恭對我們那麼兇的原因嗎？為什麼他對你特別兇？」

「他兇的是法蘭克。」庫爾特回答。

「他對我們也很兇。而且他剛才真的很惡劣，我從來沒見過他這樣。」瑪莉說：「事有蹊蹺。」

「不會吧，這不見得就是有問題，你就別想那麼多了。」庫爾特試著安撫瑪莉。然而庫爾特並沒有說實話，他剛才其實一直仔細觀察著艾恭。

一開始他就發現艾恭的眼睛偷偷瞄向舊辦公樓。但是庫爾特不想大聲宣揚，因為艾恭或許真的很擔心他們在禁止進入的地方玩耍。天曉得，畢竟這也是很有可能的。

庫爾特讓鱷魚人推他進屋內，因為磚瓦廠的內院變得炎熱不堪。他還是一點胃口也沒有。

「我們明天下午要出去玩嗎？」歐拉夫問其他鱷魚人。

「要去哪？」他的妹妹問。

「隨便哪裡都好。」他回答。

「我不去『隨便哪裡』。」瑪莉說。

「如果明天又像今天這麼熱，我就得待在家裡。醫生說，天氣太熱對我不好，我比你們怕太陽曬，因為我不能走路。」

他們在傍晚離開磚瓦廠，還沒有約定下一天的聚會，便返回他們的社區。庫爾特的心情有些鬱悶。

第七章　爆破工程

晚餐後，庫爾特的爸爸看報紙時突然說：「舊磚瓦廠的廠房終於要拆了。不能再拖了。」

庫爾特的食物差點噎在喉嚨裡。他問他爸爸：「什麼時候？馬上嗎？」

「這裡寫秋天的時候，那裡將蓋一家大型超市。只有舊工業爐因為變得太危險，必須立刻爆破炸毀，其他的拆除工作將在秋天進行。」

「這下可好了。」庫爾特說。

「什麼？你剛說什麼？」他爸爸問。可是庫爾特沒有回答，他把自己從餐桌拉進輪椅，接著從廚房回到他的房間。「他怎麼了？」庫爾特的爸爸問妻子。可是她只是聳聳肩，繼續在爐前整理。

「可惡！」當庫爾特進房間時，他心想，怎麼會有這麼不幸的事。假如我現在能和正常人一樣跑出去就好了，鱷魚人一定還不曉得這個消息。

庫爾特還沒有和鱷魚人一起出門之前，還不曾有過這樣的感覺，可是他現在卻覺得家裡有如監獄，他必須不斷等待，直到有人來接他為止。特別是下雨天，鱷魚人無法來接他出門的時候，他的無助感就特別強烈，只有漢納斯偶爾還會過來陪他玩。假如他家有電話就好了，那麼他就可以和鱷魚人互相聯繫、通報消息。

這時，他媽媽走進房間問道：「怎麼了嗎？」

「唉，真衰，我們好不容易才找到一個不被打擾又安全的地方，現在卻要被拆掉了……況且，如果他們爆破工業爐，我們找到的倉庫也會被發現，那我們的辛苦都白費了。」

接著庫爾特告訴媽媽，他們在磚瓦廠內院巧遇艾恭和他朋友的事情。

「所以呢？」她說：「他們倆不見得就是小偷。不要隨便懷疑別人。沒有證據，就不該隨便說。」

次日又是大晴天，萬里無雲的天空一片湛藍。

當漢納斯、法蘭克和瑪莉依序來接庫爾特時，他趕緊告訴他們磚瓦廠即將被拆除的消息，不過他們也都已經知道了，因為漢納斯的爸爸也同樣從報紙讀到這則新聞，他還說該是這個破壞景觀的污點消失的時候了。漢納斯接著便去找歐拉夫，而歐拉夫又告訴了其他鱷魚人。

當他們抵達教堂廣場時，漢納斯說：「真該死，偏偏挑在這時候，我們才剛找到一個理想的祕密基地，也可能就快找到竊賊。」

「沒錯。」法蘭克說，他今天又穿著長褲來。「如果他們現在爆破工業爐，或許就會發現地下室的倉庫……庫爾特，你的看法呢？」

庫爾特搖晃著腦袋，最後終於說：「我不是很確定，但這未嘗不是好事。小偷當中或許也有人看了報紙……你猜會怎樣？你們自己想想看，他們不得不在最短時間之內找到新的倉庫，這樣一來，我們就有可能早一點發現到底是誰把這裡當成倉庫。」

「你說得可能沒錯。」歐拉夫邊說邊神不知鬼不覺的騎著車靠近鱷魚人。「庫爾特說的很有可能是正確的。」

「當然，工業爐被炸對我們非常有利。」庫爾特回答：「現在是暑假，我們還有整天的時間可以埋伏在那裡。我們當中一定有人可以留守在磚瓦廠，而且我們的小瓦屋已經完成了，所以等小偷出現的時候也不會太無聊，我也願意提供望遠鏡。」

「那你晚上怎麼監視？」歐拉夫說：「他們絕對不會在白天出現，我無法想像他們在光天化日下搬空他們的倉庫。」

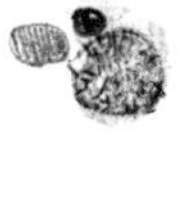

「歐拉夫說得有道理，我們知道的還是很有限。」

「如果我們仔細用腦袋想想，應該還有其他辦法。」法蘭克說。

「對啊，那你就仔細用你的腦袋想想啊。」瑪莉說。

之後他們騎單車到森林邊緣的迷你高爾夫球場，這裡兩天前才剛開幕。打一場迷你高爾夫球要花一馬克。歐拉夫和彼得率先開場，其他人最初只是在一旁觀看。如果他們兩個換了新球道，漢納斯和法蘭克就把庫爾特往旁邊推幾公尺。

庫爾特很想嘗試看看，他想知道在輪椅上握著高爾夫球桿，有沒有可能打中一球。但是實際情況比他想像的更加困難，因為兩個小前輪讓他無法直接停在球道上。他的球大多飛出了球道。不過他們仍然讓庫爾特一起玩，不計較他的得分。

「沒關係，只要練習一年之後，你就會變成德國迷你高爾夫大師。」彼得安慰庫爾特。

迷你高爾夫球場的老闆這時突然走上前來，在空中揮動著雙臂，大聲喊叫：「走走走，快走，你不能待在這裡，你的輪椅會弄壞新草坪。」

庫爾特驚駭的盯著他說：「可是我沒辦法走路啊！」試圖對這個激動的男人解釋。

「關我什麼事，反正你絕對不可以在草坪上滑動輪椅，你會破壞我的新草坪，你看看這些痕跡，陷得這麼深。」

鱷魚人把庫爾特圍住，他們起先一笑置之，可是不久就發覺這個男人並不是在開玩笑。

歐拉夫對這個男人說：「外面沒有標示只有會走路的人才能來這裡玩。」

這個男人愣了一會兒才說：「這種事很明白，還需要說嗎？」

「拿枴杖走路的人，可以進來這裡嗎？」瑪莉狡猾的問。

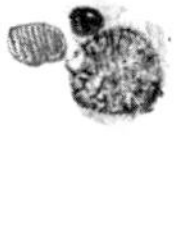

「這是什麼問題？」這個男人問：「他們當然可以進來啊。」

「那我就不懂了，比起輪椅，拐杖會把草坪壓得更深吧。」

這個男人遲疑了一會兒，最後大力的揮了揮手說：「這是我的球場，在這裡我決定什麼可以做，什麼不能做。」

「沒有商量的餘地？」歐拉夫問。

「沒有商量的餘地。」這個老闆說。

歐拉夫對所有的鱷魚人眨眨眼，接著點了一下頭。大家馬上意會過來。他們跑著離開迷你高爾夫球場，把庫爾特留在原地。

當老闆看到這個景象，他激動的叫著：「把你們的朋友帶走！搞什麼，回來，帶他走。」

「我們沒辦法！」歐拉夫在外面喊：「輪子會弄壞整個草坪。您自己看看，草坪的壓痕有多深！」

庫爾特偷笑著，可是當老闆盯著他時，他就裝出痛苦的神情。老闆激動的跺著腳，最後乾脆自己移動庫爾特的輪椅，可是輪椅動也不動，因為庫爾特悄悄拉起了煞車。

「可惡，你怎麼這麼重。」他喘著氣說：「你就幫我一下吧！」

這個男人開始搖晃著輪椅，這時庫爾特巧妙的讓自己一下子跌到柔軟的草坪上。他發瘋似的吼叫著，彷彿受了重傷。鱷魚人在接近圍牆前的路上，也同樣大聲叫著，直到他們的聲音傳入社區：「他想把他趕出去！他想殺死他！他對無助的孩子下毒手！」

這個男人站在那裡說不出話來，他震驚的彎著腰看著庫爾特，一臉不知所措的樣子。他乞求正在外面街上的鱷魚人幫忙抬起庫爾特。鱷魚人紛紛跑回來，歐拉夫和瑪莉把庫爾特抬進輪椅。庫爾特呻吟著，彷彿全身疼痛不堪，同時卻狡猾的對他們兩個眨眨眼。鱷魚人一臉不屑、兇巴巴的望著老闆。老闆激

動得雙手不停顫抖。

有幾個散步的行人，其中也包含了幾個殘障人士，佇立在圍牆旁看到了這一切。這讓老闆感到很不好意思。

鱷魚人推著庫爾特離開迷你高爾夫球場時，老闆還在後面大聲抱怨說：「我根本不想把事情弄到這個地步。實在是太倒楣了，太倒楣了。」

歐拉夫也轉身對他怒吼：「我們現在要帶他去看醫生，說不定他已經骨折了，都是你的錯！你就這樣把一個無助的孩子推出輪椅，我們應該要報警的。」

「我根本沒有這個意思！」這個男人喊著：「他當然可以坐輪椅在我的球場打球，沒有問題，我還可以免費招待。」

鱷魚人不再理會這個男人，他們推著庫爾特走進森林，當他們覺得已經走得夠遠時，大家才縱聲大笑。彼得捧著肚子，他非得這樣笑才過癮。

「天啊，庫爾特，」漢納斯叫著：「你自己跌在地上的那一招還真厲害，實在是太酷了。應該把那個男人的一臉蠢相拍照下來。」

「我原本以為他真的把你推倒在地上。」歐拉夫笑著說。

庫爾特這時再也無法克制，他放聲大笑著說：「你們知道最精采的是什麼嗎？他費盡力氣，卻完全沒發現我拉起了煞車。他想推動輪椅，除非太陽從西邊出來。」

他們又吱吱咯咯笑個不停。

幾分鐘之後，他們終於平靜下來。歐拉夫說：「嘿，夠了，現在說點正經事。明天上午他們要炸工業爐，我們一定要去湊熱鬧。」

「真該死，我不能去現場，」庫爾特插話：「唉，或許我可以從窗戶觀看。」

「你在胡說八道什麼？」歐拉夫回答：「我們當然會去你家接你啊，這種

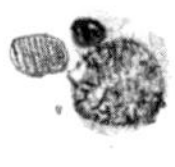

事你怎麼能錯過。」

稍後瑪莉和法蘭克推庫爾特回家，當鱷魚人準備離開的時候，庫爾特的媽媽神祕的說：「我們買了一樣東西要送你。」

當她看見鱷魚人好奇的表情時，她又說：「你們可以一起來看。」

她推著庫爾特經過客廳，來到狹長的陽台。

離陽台的門約六公尺之處，有一個用粗韌皮編織成的三色板掛在牆上。她把一支弓和五支箭遞給庫爾特。「這是你一直期盼的東西，不是嗎？」她一臉期待的望著庫爾特。

庫爾特非常興奮，一時忘了道謝。他立刻從箭筒裡拿出一支箭，放在弓上，然後拉緊弓弦把箭射出。箭射中的地方，只離箭靶的紅心幾公分而已。

「箭頭有鐵釘。」法蘭克審視著箭說：「天啊，庫爾特，這個可以用來殺人耶。」

「別胡說。」庫爾特的媽媽說：「弓箭不可以帶出門，否則你們可能會闖禍。」

「不管如何，我可不想屁股中箭。」瑪莉說。

「拜託，」法蘭克叫著：「誰會把箭射在你的肥屁股上？」

「你再說一次試試看！」瑪莉氣憤的叫著：「再說我就賞你一巴掌。」瑪莉覺得受到侮辱，庫爾特趕緊安撫她。

每個鱷魚人都獲准射箭一次，他們都射得不錯，但沒有人能射中正中央的紅心。

「對庫爾特來說，這不只是遊戲而已。」庫爾特的媽媽向鱷魚人解釋：「這是醫師的處方，為了鍛鍊他的肌肉，因為他平常很少運動。」

「不過還是很好玩，」漢納斯說：「我們可以用來射野雞……」

「或者射那個高爾夫蠢蛋的屁股。」法蘭克插嘴說。

「你們在胡扯什麼？」庫爾特的媽媽問道。瑪莉告訴她在迷你高爾夫球場發生的事情，但是省略了庫爾特自己從椅子摔出來的經過，因為庫爾特偷偷拉了一下她的裙子。

「真是可惡極了。」庫爾特的媽媽說：「我會找他談談……這個傢伙。」

「那倒不必了，我們已經處理好了。」法蘭克賊賊的笑著說。

之後大家向庫爾特道別。來到街上，瑪莉說：「如果情況不妙，箭和弓還可以用來保衛自己。」

「可以啊，」法蘭克說：「要用來對付誰？」

「如果你們太白目，就對付你們其中之一。」瑪莉說。

接著他們就各自回家去了。

次日漢納斯和法蘭克提早去接庫爾特，他們約在教堂廣場集合。他們一到路上，庫爾特就說：「先把我推到房子後面，可是不能讓我媽看見。」

他們很驚訝，卻沒有問原因。依著庫爾特的指示，法蘭克從陽台下方撿起一個用膠帶綁起來的包裹。

他們問庫爾特裡面是什麼，但是他沒有回答。

直到大家在教堂廣場上集合時，他才打開包裝紙。出現在眼前的，是一塊塗了白漆的五十公分寬正方形木板，上面用紅色油漆寫著：「小心！只有身心健全的正常人可以進入迷你高爾夫球場。其他人只會破壞草坪！球場負責人。」

「這是我在半夜完成的。」庫爾特說。

每個鱷魚人都想拿這塊看板，他們樂不可支。歐拉夫喊道：「我們現在就把它掛在球場的圍牆上吧！球場下午才營業，老闆現在應該不在那裡。」

他們前往還關著門的迷你高爾夫球場，然後把這塊看板釘在引人注目的地方，好讓每個人都看得見。接著他們穿過森林去磚瓦廠。

可是當他們抵達斜坡時，也就是距圍籬約一百公尺處，有兩輛警車封鎖了道路，人車一律禁止通行。從他們的位置，可以清楚望見磚瓦廠的動靜。

「如果炸掉工業爐，屋頂一定會被砸爛，我們的小瓦屋也一定會完蛋。」彼得說。

「磚頭不會在空中亂飛。」歐拉夫回答：「我爸說，工業爐被爆破時，會像紙牌屋一樣疊著倒下來。」

忽然間，他們發現艾恭和他兩個朋友站在距離他們僅幾公尺遠的地方。

庫爾特碰了一下歐拉夫，但是歐拉夫說：「我已經看到他們了。嘿，卡爾利的爸爸在高速公路警局上班，他有一輛超快的保時捷跑車。他們絕對和竊盜案無關。」

這三個輕型機車騎士以及鱷魚幫少年，都目不轉睛的望著磚瓦廠區。

「你說的是真的？」庫爾特問。

「如果你還認為他們是小偷，你就是瘋了。」歐拉夫低聲說。

接著他們聽見一聲很長的警笛，表示爆破工程即將展開。大約一百名湊熱鬧的民眾頓時鴉雀無聲。緊張的氣氛節節升高，庫爾特不安的在輪椅內滑來滑去。雖然他帶了望遠鏡，可是其他鱷魚人不斷把他的望遠鏡搶去看。

這時突然傳來沉重的轟隆聲，並沒有他們想像中那麼大聲。

接著高大的工業爐顫抖著、搖晃著，最後有如慢動作鏡頭一般傾倒下來。沒有磚頭在空中亂飛，工業爐看起來彷彿沉到地底下似的。只有塵埃飛揚，隨風飄向市區。

儘管庫爾特仔細看了爆破的過程，他的視線卻也一直沒有離開那三個輕型機車騎士。他想看看他們的反應。他瞥見他們一臉不安，不時擔心害怕瞄向舊辦公樓的表情。

在解除警報的警笛響起之後，其中一名警員說：「結束了，整件事很快就

結束了。」

道路重新開放，警察坐上警車離去。

湊熱鬧的觀眾也漸漸散去。鱷魚人跑向圍籬，想知道爆破工程是否還造成其他損失。

他們發現的第一件事情是：鐵絲網又修補好了！

乾燥室沒有因為爆破工程而被任何一塊磚頭砸中。原先工業爐立著的地方，現在只剩下一堆瓦礫，彷彿許多卡車在這裡傾倒了磚頭和碎裂的石塊。那三個輕型機車騎士突然站在鱷魚人身後。

艾恭問他的弟弟：「喂，你又來這裡幹麼？」

「蠢問題。來湊熱鬧啊，跟你一樣。」

「你最好趕快滾。」艾恭說。

「你自己也快滾，你這個自以為是的傢伙。」法蘭克回答。

「你不要沒大沒小，你這個猴死囝仔。」

「你不要沒大沒小，你這個愛吹牛的人。」法蘭克頂回去。在一旁沉默看著兩兄弟對話的鱷魚人，相視微笑。

艾恭原本還想繼續說，卻突然對他的兩個朋友揮了揮手，然後他們便沿著田野小路往磚瓦廠的另一頭騎去，那裡是大門的入口處。

在其他人沒察覺的情況下，歐拉夫小聲對庫爾特說：「或許你的懷疑真的沒錯。」

「當然沒錯，可是我到現在還是不太敢相信。」庫爾特低聲說。

「庫爾特，你的推論還是不夠，我們必須掌握證據，否則沒有人會相信我們。」歐拉夫又低聲說。

歐拉夫獨自推著庫爾特的輪椅，而其他鱷魚人走在前面。

庫爾特說：「如果我們的懷疑正確，而且也能提出證據，那法蘭克怎麼

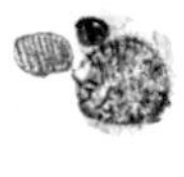

辦？畢竟他是艾恭的弟弟。」
「法蘭克和他哥有什麼關係？法蘭克又沒有闖空門，也沒有偷東西。」
「他沒有，可是如果我們報警，他必須作證指控自己的哥哥，難道你會想這樣做嗎？」庫爾特問。
「不想，如果我有哥哥，我也不會作證指控他，我也不會作證指控瑪莉。該死的情況，還真棘手！」歐拉夫回答。
「我替法蘭克感到很難過，他是無辜的。」庫爾特說。
四名爆破小組的男子，在磚瓦廠區前方的一輛卡車上拾收工具，當他們收完後，便用粗鎖鍊和扣鎖把大門鎖上，開著卡車離去。這時，艾恭和他朋友的輕型機車卻不見蹤影。
「現在我們要做什麼？」瑪莉問。
大家望著她，彷彿她說了什麼令人難堪的話。

「我們難道不該行動嗎？」瑪莉問。

「現在？」過了半晌，魯道爾夫一邊問，一邊搖晃著鍊子上的折刀。「我們回家好了，今天沒辦法待在磚瓦廠區了。」

「為什麼你哥會來這裡？」彼得問：「他不用工作嗎？還是他請病假？」

「我怎麼知道，你自己去問他啊！」法蘭克激動的回答。

「別煩法蘭克了。」庫爾特說。

「注意！賽車開始！」奧圖喊著，隨即跳上他的十段變速法國單車。他在椅墊上倒立，快速衝下小山丘。所有人也尾隨在後，但沒有人像他騎得那麼驚險狂野。

留在庫爾特身邊的瑪莉說：「總有一天，奧圖真的會跌斷脖子。」

「如果我有一輛腳踏車，我也可以到處騎。」庫爾特說。

「什麼？你？騎腳踏車？」瑪莉問。

「當然。一輛特製的三輪腳踏車就行了。上身和雙腳要繫安全帶，這種腳踏車還拴上了特殊的踏板。可是我爸媽付不起這樣的特製腳踏車，因為買一台要花一千馬克，保險公司不願意支付，社會救濟也不支付，他們說，這是奢侈的消費。」

「要花這麼多錢喔？」瑪莉問。

「對，一輛腳踏車就是要花這麼多錢。」庫爾特回答。當他們走出森林時，看見迷你高爾夫球場前站著議論紛紛的殘障人士。住在離這裡幾條街遠的的球場老闆，情緒激動的趕了過來。

鱷魚人佇立在森林邊緣，等著瑪莉和庫爾特。他們躲在草叢後面觀察即將發生的事。

球場老闆讀了看板之後，馬上把它從圍牆上拆了下來。他大叫：「我要教訓他們！太可惡了！」

接著他鎖上迷你高爾夫球場的大門，連同這塊看板一起消失在存放球和球桿的小屋內。那裡也是購買入場券的地方。

庫爾特突然問法蘭克：「嘿，法蘭克，你哥工作應該賺不少錢吧？」

「我不知道，反正他手上總是有錢，你為什麼這樣問？」

「噢，隨便問問而已。」庫爾特回答。

「有時候你的問題還真奇怪。」法蘭克說。

然後他們就回家了。

第八章　庫爾特的計畫

緊接著來臨的星期日是一年一度的森林園遊會，由打獵社、歌唱社、保齡球社、體操社和手球社等鸚鵡社區的各團體聯合籌備。森林裡擺著桌子和長凳，還有販賣煎香腸、啤酒、甜食和氣球的攤位及帳棚。消防局的樂隊演奏著舞曲，舞池則由木板釘製而成。

也有特別為兒童設計的遊戲和活動，例如必須蒙著眼睛，拿著一根三公尺長的棒子尋找放在圓圈中央的陶鍋，然後把它打碎的遊戲。還有爬竿競賽：爬上抹了蠟的竿子頂端，把頂端掛在輪子上的禮物扯下來，即可擁有這些禮物。鱷魚幫裡最擅長攀爬的法蘭克贏得一支手錶，歐拉夫獲得一條泳褲，奧圖則得到一雙運動鞋。

園遊會也買得到抽獎券，抽到的獎品會直接被拍賣，拍賣的現金將捐給養老院。

所有的鱷魚人都來參加園遊會。瑪莉和漢納斯原本想去接庫爾特，但是庫爾特的父母也想參加園遊會，所以庫爾特必須跟他們一起去。他們一家晚一點才會出門，因為庫爾特的爸爸擔心太早去會花太多錢。

庫爾特內心忐忑不安，因為他想和鱷魚人商量一個計畫。

當庫爾特一家終於抵達森林園遊會時，庫爾特馬上看到瑪莉和歐拉夫。他們兩個騎著單車在桌子和長凳之間穿梭，引發其他遊客的不滿。庫爾特對歐拉夫比了一個手勢，可是歐拉夫裝作沒看見。

然而沒過多久，他便假裝不經意的騎向庫爾特，在輪椅旁的長凳子坐下來。庫爾特一直等到他父母和鄰居聊得正起勁時，才對歐拉夫低聲說：「你們一定要幫忙我脫身，否則我整個下午都離不開這裡。」

「我們該怎麼做？」歐拉夫問。他向妹妹招手示意，因為她對這種任務的經驗比較豐富。

「我也不知道……不過我有一種預感，我們今天會當場逮到騎輕型機車的那些小偷……」

「你老是說你有預感。」歐拉夫說。

「讓我說完。對他們來說，今天是個千載難逢的機會，因為大家都在園遊會裡……你們仔細想想。」

「你瘋了，他們怎麼可能在大白天行動？」瑪莉說。

「我告訴你們，在大白天行動，比在晚上更安全……我打賭，我的預感沒有錯。他們的時間已經不夠了，再過不久挖土機就會動工，到時候他們三個的計畫就泡湯了。」

「好吧，」瑪莉說：「我現在就去找法蘭克來，他可以……」

「不，不要找法蘭克，」庫爾特很快否決她的提議：「找任何人都可以，就是不要找法蘭克，最好他根本不在場。」

「你真奇怪，可是和我一起推輪椅最好的搭檔就是法蘭克啊。」

「漢納斯也一樣拿手，如果你看到他，告訴他我們的計畫，魯道爾夫也行，彼得也推過我的輪椅……反正就是不能讓法蘭克知道。」

「你真的好奇怪。」瑪莉搖頭說。

可是她哥哥卻說：「你就照他的話做，之後再跟你解釋。假如庫爾特的推論正確，那我們今天將有天大的驚喜。快走吧，親愛的老妹。」

接下來庫爾特就乖乖坐在爸媽旁邊吃烤香腸、喝可樂。當他想上廁所的時候，鱷魚人就會上前幫他。這幾個禮拜以來，庫爾特上廁所這件事對大家來說，已經變得非常理所當然了。

鱷魚人集合之後，瑪莉比了一個手勢，大家便走上前，禮貌的問他爸媽是

否允許庫爾特和他們一起走。雖然他媽媽有些顧慮，但是他爸爸卻說：「就讓他去吧。他不該整天都坐在我們身邊。」

瑪莉和漢納斯推著庫爾特進了森林，與其他正在等他們的鱷魚人會合。歐拉夫問：「嘿，庫爾特，可以帶你的弓箭去嗎？」

「我沒有家裡的鑰匙。」

「你的弓箭不是在陽台上嗎？」威利邊問邊摸著自己的金色長捲髮。

「沒錯，就在陽台上。嘿，歐拉夫，你去我家，然後爬到陽台上……反正沒人在家，不會有人看見。」

歐拉夫跳上他的單車，以賽車手般的急速踩著踏板而去。

奧圖問：「法蘭克沒來嗎？」

「我找不到他。」瑪莉撒了個謊。她雖然看到了法蘭克，卻沒告訴他鱷魚人準備到小瓦屋集合的消息。

「奇怪，半個小時前他還在森林裡啊。」魯道爾夫說。

「如果他夠聰明，就一定找得到我們。」瑪莉回答。她覺得很不自在，因為她不得不對大家撒謊。她心想，但願一切順利。

十分鐘之後，歐拉夫果然帶著弓箭回來了，於是他們出發前往磚瓦廠。歐拉夫在途中對庫爾特說：「你們的隔壁鄰居在家，就是那個整天坐在窗戶前的老太太。我相信她一定看到我爬上陽台了。」

「沒關係。」庫爾特說。

到了斜坡上時，大家停下腳步。歐拉夫神色不安的問庫爾特：「你真的認為他們今天會來倉庫搬東西？」

「我有預感。」庫爾特回答。

「我的天呀，我也真想有這種預感！」彼得一邊喊著，一邊挖鼻孔。

「那如果小偷真的來了呢？」漢納斯問：「他們很有可能會來吧？」

「就算小偷不來又怎樣？」瑪莉說：「一直呆坐在園遊會裡也很無聊，只有老人才喜歡園遊會。」

到了圍籬前，鱷魚人必須重新開一個洞，才能推輪椅進去。這對他們已經不是什麼難事，因為庫爾特的輪椅旁邊有個工具袋。他們只花了幾分鐘，就在圍籬上弄出一個大洞，不費多大功夫就推著輪椅穿過去。

「這真的很蠢，」瑪莉說：「再過幾個禮拜，這裡就要全部拆掉了，他們竟然還把所有的破洞修好。」

彼得把輪椅推到一塊大磚頭上，害庫爾特差一點翻倒。就在千鈞一髮之際，歐拉夫穩住了輪椅。

「天啊，庫爾特，你還真是我們的絆腳石。」彼得說，他為自己的笨手笨腳感到生氣。

「你看看，」歐拉夫把手伸向他妹妹：「再過沒多久我的指甲就要掉光了，全都是因為這個該死的鐵絲網。」

「可是你的指甲還在啊，別大驚小怪了，我們快走吧。」瑪莉說。

他們來到乾燥室和他們的小瓦屋內，發現一切如原狀。

「現在呢？」漢納斯問：「我們站在這裡像笨蛋一樣。」

「等待，只要耐心等。」庫爾特安撫著說。

「你太天真了，」彼得回答：「我們到底還要等多久，拜託你！」

「你們是怎麼回事？」庫爾特叫著：「只會一個口令一個動作，每件事情都要馬上看到結果，一點都不懂得要有耐心。」

「耐心？那是什麼東西？」奧圖說。

「就是脫褲子放屁，多此一舉。」瑪莉很快的答道，大夥兒都笑了。

奧圖赤著腳走在發燙的地板上。

「我得七點到家。」彼得發出牢騷。

「搞什麼啊？」歐拉夫回答：「今天有森林園遊會，何況現在還是暑假耶。如果你和你爸媽去度假，也不用七點就回家啊。」

「可是我們並沒有去度假啊。」彼得反駁他的話。

歐拉夫把裝在自行車骨架上的錄音機卸下來，帶進小瓦屋內。這一天非常炎熱，磚瓦廠的內院裡，熱氣在空中浮動。

「我們忘了帶飲料。」瑪莉說。

「你可以去那邊的地下室，那裡有一堆燒酒、葡萄酒和啤酒。」歐拉夫回答她。

「回家時被老爸聞到酒味，小心被打耳光。」瑪莉回嘴。

「把音樂放小聲一點。」庫爾特急急的說，並且從輪椅的側袋裡掏出他的望遠鏡。

可是四周一點動靜也沒有。

突然間，庫爾特伸出手，示意大家保持安靜，因為他發現有輛自行車沿著圍籬騎了過來。他透過望遠鏡望去，說：「是法蘭克。」

庫爾特、瑪莉和歐拉夫尷尬得面面相覷，漢納斯也把頭垂了下來。

「假如他留在家裡就好了。」庫爾特小聲的說，但是彼得聽到了，他碰了一下庫爾特說：「怎麼回事？為什麼法蘭克不能來？」

「我以後再解釋。」庫爾特回答。這時候法蘭克已經跑進小瓦屋，怒氣沖沖的喊道：「你們還真是我的好朋友，沒跟我說一聲就跑掉。」

「我到處找你，可是沒有找到。」瑪莉尷尬的說：「別發脾氣，坐下來吧。」

法蘭克覺得很委屈，坐在那裡一言不發。

歐拉夫找來一塊板子釘在牆上，然後用原子筆在上面畫了幾個圓圈，設定一人可以射五次的規則。第一回合結束時，彼得以射中兩次紅心遙遙領先，瑪莉一次都沒射中，其中兩次甚至連板子都沒碰到，大家幸災樂禍的看著她。

法蘭克固執的坐在角落，不願意和大家一起練習射箭，一副受盡委屈的樣子。庫爾特很想向他解釋不希望他在場的原因，可是他不能，因為如果他無法證實自己的推論，讓法蘭克蒙受不白之冤，很可能他們就再也當不成朋友。

突然間，他們聽見引擎的聲音。

「他們來了！」庫爾特緊張的說。

他們看見一輛福特箱型車，正沿著磚瓦廠前方的田間小路駛來。

「你的預感還真準啊！」彼得賊賊的笑著對庫爾特說：「來，讓我們繼續射箭吧。」

威利緊張得咬著指甲。當他準備拿起弓時，庫爾特低聲說：「大家安靜，現在不要說話，是他們，他們來了……真的是他們。」

大家聽命保持肅靜，目不轉睛的望著入口處的大門。

果然，這輛福特廂型車正駛往被爆破小組小心上鎖的大門。接著廂型車倒退著往門口靠近。

車子雖然停在大門前，但是一點動靜也沒有。他們沒看到任何人，只有空氣中的熱流在車子上方閃爍著。

「幽靈車。」瑪莉小聲說。

忽然間三名男子出現在大門前，準備突破封鎖。歐拉夫激動的搶走庫爾特手中的望遠鏡。

「看到什麼了？」瑪莉低聲問。

「他們用鐵絲鉗剪開圍籬。」歐拉夫回答。

鱷魚人爭相搶著彼此手中的望遠鏡，想知道大門口發生什麼事情，但是沒有一個人能夠看清楚這三名男子的臉孔。

剪斷鐵絲之後，這三名男子便穿過內院，直接走向舊辦公樓。終於又拿回望遠鏡的庫爾特，仔細觀察之後說：「是艾恭和卡爾利，另一個我不認識。」

他說這話的神情，彷彿這是世界上最理所當然的事。

「不可能！」法蘭克喊道。瑪莉馬上用手掩住法蘭克的嘴。

「你瘋了！你叫這麼大聲，他們會聽見。」她低聲說。

「真的是我哥？」法蘭克仍是一臉不可置信。

「嗯，是你哥。」庫爾特說：「我一直都知道，只是不太敢相信這是真的。」

「卡爾利居然也是共犯，他爸可是開保時捷跑車的警察！」彼得說。

這三個年輕男子消失在舊辦公樓內。鱷魚人只是你看我、我看你，沒有人知道該說什麼才好，只有法蘭克喃喃自語的說：「我哥……」

鱷魚人躲在小瓦屋裡大氣也不敢喘一口，他們神經緊繃的望著舊辦公樓，沒有人敢說一句話，緊張的等待即將發生的事。法蘭克坐在小瓦屋的角落裡動也不動，他的嘴唇顫動著，可是沒有人聽見他在喃喃自語什麼。

過了幾分鐘後，這三個男子又從舊辦公樓走出來，他們扛著箱子經過內院，接著穿過圍籬的破洞，把箱子疊在後門敞開的廂型車內。

「我就知道。」庫爾特低聲說。

「或許你也早就知道，我哥是其中一個小偷？」法蘭克忽然火冒三丈的大喊。

「別這麼大聲。」瑪莉發出「噓」的聲音。

「我早就猜到了。」庫爾特回答。

這三個男子又折回舊辦公樓，幾分鐘之後又扛著箱子出來，然後搬進廂型車內。

「我們現在該怎麼辦？」歐拉夫低聲問道。

「我也不知道，你有什麼建議嗎？」庫爾特回答。

可是歐拉夫只是聳聳肩膀。

庫爾特把五支箭放在腿上，雙手拿著弓，緊張的把玩著。

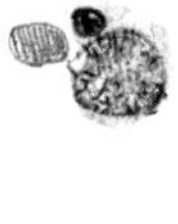

「我好害怕。」漢納斯忽然說。
「怕什麼？」歐拉夫問。
「假如他們發現我們在這裡，一定會把我們揍得鼻青臉腫。」漢納斯說。
當這三個男子第三次走出舊辦公樓，扛著箱子穿過內院時，庫爾特說：
「現在終於證據確鑿了。」
「沒錯，把這些東西搬走的人，就是偷走這些東西的人。」歐拉夫表示贊同。
森林裡的音樂聲頻頻傳入耳際。鱷魚人知道，這表示園遊會仍熱熱鬧鬧的進行著。他們說話時稍微提高了音量，因為這三個男子一副自以為神不知鬼不覺，完全不曉得自己已經被盯上的樣子。
歐拉夫問：「現在怎麼辦？我們該不該跑到內院，對他們三個說：你們就是闖空門的小偷！」他們一定不會認帳，也沒有警察會相信我們。他們也可能和我們當初一樣只是意外發現了倉庫，這個證據不夠有力。

「你說的沒錯，」庫爾特說：「但是他們也無法把我們殺人滅口，就因為他們不能殺我們，所以我們是證人……警察會相信我們，他們有自己的辦案方式……而且，我媽相信我，我爸相信我，這就夠了。」

「哇賽！庫爾特，你真是一個厲害的犯罪專員。」彼得稱讚。

「這叫做刑事組專員。」歐拉夫回答：「現在可不可以不要再挖鼻孔了?!」

「我不是刑事組專員，」庫爾特回答：「我只是比你們閒。我坐在輪椅上，就是有比較多的時間可以觀察人群，進行思考。」

這三個男子沒有起疑，他們沒有環顧四周，顯然覺得一切安全無虞。那兩輛藏在地下室的自行車，也被他們搬進了廂型車內。

就在這時，卻發生一件令人意想不到的事。那些曾經在森林小木屋前被鱷魚人趕走的義大利小孩，正沿著鐵絲圍籬走了過來。他們大聲喧嘩、邊唱邊笑

還玩著捉迷藏。歐拉夫內心暗罵，他怕這些吃通心麵長大的野孩子會把一切都搞砸。

當這三個男子又從舊辦公樓走出來時，也聽見了這些小孩的嘻笑聲，於是他們立刻退回黑暗的走廊上等待。

這群小孩在福特廂型車前停下腳步，好奇的打量著。

「我倒要看看他們現在會怎麼做。」歐拉夫低聲說。

「我現在就轉著輪椅到內院，看看會發生什麼事。」庫爾特說。

「你瘋了嗎?」瑪莉一邊喊，一邊站到庫爾特身旁攔住他。「如果他們三個看見你，他們就曉得你不是單獨一個人在這裡，他們知道你不可能一個人來這裡。」她激動的說。

「你給我聽著，你留在這裡，」歐拉夫附和：「瑪莉說得沒錯，你會洩露我們所有人的行蹤。」

法蘭克垂頭喪氣的坐在角落。他仍舊無法相信自己的哥哥是竊賊。

鱷魚人在小瓦屋內坐立難安，目不轉睛的瞪著內院的動靜。他們又搶著望遠鏡，想要看得更清楚，他們想知道這些義大利小孩會採取什麼行動。

忽然間他們聽見這群小孩興奮的交談聲。他們發現了福特廂型車的後車門敞開著，也看見車內堆積的物品，於是一窩蜂的擁進去，盡其所能的從車內搬出東西。一個綁著黑色長辮子的女孩，抓起其中一輛自行車，然後笑著騎走了。

就在這一刻，卡爾利從黑暗的走廊上衝出來，艾恭緊跟在後面。他們奔向廂型車，咆哮恐嚇著這群孩童。當這些小孩看見這兩個男子跑過來時，立刻逃之夭夭。一個小男孩因為艾恭和卡爾利冷不防現身而驚嚇過度，馬上把手上的香菸和酒瓶等贓物拋在地上，拔腿就跑。艾恭和卡爾利尾隨在這些小孩的背後，一邊怒吼一邊威脅他們。

「真是太詭異了，」庫爾特突然說：「義大利人偷拿已經被別人偷走的東西。」

這群小孩飛也似的跑過田野，綁著黑色長辮子的女孩騎著偷來的自行車，迅雷不及掩耳的從狹長的街道飛馳而過。

艾恭和卡爾利一路追到森林邊緣，可是卻沒有逮到任何一個小孩。他們兩個不敢繼續追下去，唯恐被參加森林園遊會的居民撞見，於是掉頭返回磚瓦廠。

那群義大利小孩已經消失得無影無蹤。

三個竊賊現在急著把地下室清空，他們咒罵著跑來跑去。大約又過了半個小時。沒有一個鱷魚人膽敢走出藏匿處。

「我們有夠蠢，躲在這裡害怕得快要尿濕褲子。」庫爾特說。

「不然要怎麼辦？」歐拉夫問：「難道我們該報警，檢舉這三個小偷？」

接著他又小聲的說，只讓庫爾特和瑪莉聽見：「畢竟法蘭克他哥也是共犯。」

威利緊張的咬著手指甲。

「只因為他是法蘭克的哥哥，就可以闖空門偷東西嗎？」瑪莉回答他：「你想想，假如小偷是陌生人，我們完全不認識的陌生人，我們會怎麼處理？」

「可是他們不是陌生人，」庫爾特說：「他是法蘭克的哥哥。我們必須三個都檢舉，包括艾恭，否則就通通不檢舉。」

「還真是麻煩！」歐拉夫心灰意冷的說。

鱷魚人全都垂頭喪氣的枯坐在那邊，沒有人想得出好點子。

就在他們束手無策、呆坐到快要打瞌睡時，庫爾特神不知鬼不覺的悄悄轉著輪椅離開小瓦屋，前往磚瓦廠內院。庫爾特在外面先等了幾秒鐘，讓自己習慣刺眼的陽光。他根本不清楚自己究竟想做什麼，但就是無法再忍受繼續待在屋子裡。

當鱷魚人發現庫爾特失蹤時，他已經慢慢的轉著兩個大輪子穿過內院。他們嚇得愣住了。瑪莉想叫他回來，卻還是用手摀住了嘴。所有鱷魚人只是站在那裡望著內院，等著看接下來會發生什麼事。

「庫爾特瘋了。」情緒低落的法蘭克頓時清醒的說。

接著他們看見艾恭走出空蕩的走廊，卡爾利尾隨在後，兩人手上都扛著一個裝得滿滿的箱子。突然艾恭的腳彷彿生了根似的，動也不動。他輕輕撞了一下卡爾利。第三個男子這時也踏出幽暗的走廊，出現在內院中。

庫爾特距離他們大約二十公尺。他也停住了輪椅，不知道現在該怎麼做才好。他感到很無助，因為就算碰到緊急狀況，他也無法跑走。

艾恭把箱子慢慢放在兩腳之間。庫爾特的出現令他錯愕得張開了嘴巴。他的手臂下垂，拖著腳步慢慢走向庫爾特。另外兩個人跟在他後面。

庫爾特突然心生一計，他抓起掛在輪椅扶手上的弓，稍微拉起弓弦，並對著艾恭大喊：「如果你再靠近，我就用箭射穿你的肚子。箭的尖端可是鐵釘。」

庫爾特突如其來的堅決果斷，令艾恭訝異不已，他果真停下腳步，佇立不動，只是瞪著庫爾特，彷彿他是幽靈似的。

艾恭說：「你們看，他就是那個住在銀街的殘廢。」接著他高聲叫道：「滾開！閃邊去！否則就要你好看！」

卡爾利站在艾恭旁邊，第三個男子站在他們背後，三個人全部瞪著庫爾特。從他們的臉上可以看出，他們正在考慮如何處置庫爾特。

他們站在距離庫爾特約十公尺之處。而庫爾特毫不畏懼的拿著弓箭，拉緊弓弦，彷彿隨時準備將箭射出。

「快點滾，你這個殘廢！」艾恭叫著：「不然就要你好看。」

庫爾特的眼淚奪眶而出。他喊著：「如果你再叫我一次殘廢，我就發箭射到你肚子上，你這個小偷！」

「這個小矮人到底是誰？」庫爾特不認識的第三個男子調侃他。

「哎呀，就是住在我家附近的殘廢。」艾恭回答。

這時庫爾特拉起弓弦，一箭射中艾恭的大腿。

箭卡住不動。

艾恭痛得發出像動物般的嘶吼。他想撲向庫爾特，卻只能在原地單腳跳。他呻吟著，試著從腿上把箭拔出，但是只要他一試，就哀嚎得更大聲。

庫爾特隨即又在弓上拉起一支箭。此刻他已經下定決心發箭攻擊靠近他的敵人，因為他必須獨力保護自己。他對著往前靠了幾步的卡爾利大罵：「你只要再靠近一步，就會落得和艾恭一樣的下場。我警告你不要亂動，現在就自己滾開。」

最後艾恭終於把箭從大腿拔出來。傷口流著血。他一拐一拐的走到廂型車，拿包紮傷口的用品。

卡爾利躊躇不前，他對庫爾特的箭心生畏懼。他知道庫爾特不是虛張聲勢而已。

忽然間，卡爾利對庫爾特露出不懷好意的笑容。正當庫爾特對他的態度感到不解時，他突然遭受猛烈撞擊，他的輪椅也滑出原地。原來他沒有察覺第三個男子正從背後偷襲他。

這出乎意料的舉動，讓庫爾特嚇了一跳，他忘了拉起煞車，使得輪椅滑行過度，隨時有翻倒的危險。

庫爾特眼看著舊辦公樓的牆壁愈來愈近，愈來愈危險。

他不禁放聲尖叫。

接著他的輪椅撞上了牆壁。由於撞擊力道非常猛烈，他的輪椅往後彈了半公尺，然後翻倒在地上。

庫爾特倒栽蔥跌在水泥地上。

就在這一刻，鱷魚人紛紛從乾燥室奔向內院。他們憤怒的大聲狂吼，彷彿有好幾百人的聲勢。

他們邊跑邊撿起地上的石頭，用力扔向那兩個竊賊。

艾恭並沒有回到內院，他在車內包紮大腿的傷口。於是鱷魚人把石頭對準那個將庫爾特推向牆壁的男子。

鱷魚人突如其來的現身，令這兩個男子措手不及，他們急急忙忙奔向廂型車，跳上艾恭旁邊的駕駛座，急馳而去。

鱷魚人朝開動的車子丟石頭，可是沒有擊中。

瑪莉和漢納斯跑向庫爾特。瑪莉立刻把輪椅扶正，但是仍然無法和漢納斯一起把庫爾特抬進輪椅。

庫爾特歪斜的躺在地上，小聲呻吟著。

歐拉夫和法蘭克幫忙把他抬進輪椅內。瑪莉只是不斷的說：「幸虧你還活著。他們這三個敗類……這三個敗類……」

瑪莉用唾液弄濕手巾，擦拭著庫爾特的額頭，額頭上的小傷口正淌著血。瑪莉用特歐的蘇格蘭帽輕輕拍去他衣服上的污漬。

「我們要報仇，這些敗類。」歐拉夫喊道：「我們現在就去報警。這樣欺負弱小！我們去檢舉他們！就算法蘭克他哥是共犯，我現在也不在乎。」

和瑪莉一同照顧著庫爾特的法蘭克雖然一言不發，可是卻流下了眼淚。

「這件事千萬別告訴我爸媽，」庫爾特說：「否則我再也不能和你們出來了。你們只要告訴他們我在森林裡被樹枝劃傷了臉就好。」

「我們自有辦法。」瑪莉安慰他。

接著他們離開了磚瓦廠。

在森林邊緣，歐拉夫先仔細檢查輪椅，查看是否有刮痕。庫爾特額頭上的傷口已經不再流血，看起來真的有如被樹枝劃傷的疤痕，無傷大雅，而且輪椅

上也看不到任何裂痕或刮痕。他們總算鬆了一口氣。

當他們穿越森林回到園遊會場時，消防局的樂隊正在演奏著，可是沒有一個鱷魚人看到自己的爸媽，因為他們早已回家去了。

歐拉夫帶著弓箭先離開。他躲在庫爾特家後面的灌木叢內。等到確定沒有人看見他時，才把弓箭丟到陽台上。

之後他又返回街上，跟推著輪椅已經到達門口的瑪莉和漢納斯會合。

「我想剛才應該沒人看見我。」歐拉夫說。

「所以現在呢？」瑪莉問。

大家望著瑪莉。就連庫爾特也不確定她的意思。

沒有人回答，所以她又問了一次：「所以現在要怎麼辦？我們已經知道小偷是誰了。我們總不能當作什麼事也沒發生呀。」

歐拉夫遲疑的答道：「是啊，我們知道小偷是誰了。」

「我們還知道，是誰把庫爾特連同輪椅一起推向牆壁，害他差點沒命。」漢納斯憤怒的插嘴說道。

「我不重要。」庫爾特回答。

「現在只有你最重要，」漢納斯說：「你差點就掛了！只因為我們太懦弱，躲在小瓦屋裡不敢出來。」

庫爾特的媽媽從屋內走出來，她正想責備他們為什麼這麼晚才回家。接著她發覺庫爾特的額頭上有一道傷痕，但是瑪莉馬上接話：「不嚴重。我們一時沒注意，所以庫爾特的臉被樹枝劃傷了。」

漢納斯和歐拉夫點頭附和。

「你不必擔心。」庫爾特也這麼跟媽媽說。

「趕快進來家裡吧。」他媽媽說。

「媽，我們待會就進去，我們還有事情要討論。」

「你們總是有事情要討論。」她發著牢騷，接著走進屋內。

當她關上屋門時，漢納斯說：「假如你們問我的意見，我會說原本我反對報警，因為法蘭克的哥哥也插了一腳，可是今天發生這件事之後，我再也不反對了……庫爾特差點就掛了。」

「可是我並沒有死啊。」庫爾特說。

「所以你們認為該報警檢舉？」歐拉夫問。

「嗯，報警檢舉。」瑪莉回答，漢納斯也猛點頭。

「誰要去報警？誰要去警察局？」歐拉夫邊問，邊掃視著在場的每一個人。

「等等，」庫爾特插嘴：「不要操之過急。我有另一個建議。明天我們在小瓦屋集合，再討論該怎麼處理。你們現在去其他鱷魚人家裡，轉告他們。重要的是，法蘭克一定得在場才行，他可以告訴我們他哥在家裡說了什麼。」

「你不能要法蘭克指證他哥，我們當中沒有人可以這樣要求他。」歐拉夫帶著疑慮回答。

「他根本不必指證他哥，但是我們不該背著他決定事情，這樣不公平，無論如何他必須事先知道我們有什麼打算、做了什麼決定。」

「好讓他一五一十的告訴他哥嗎？我覺得不太妥當。」歐拉夫說。

他們推著庫爾特的輪椅上斜坡，然後進入屋內。到了走廊，歐拉夫把庫爾特扛在背上，動作和庫爾特的媽媽一樣熟練。

「下一次你們要更小心一點，樹枝也很容易刺進庫爾特的眼睛。」他的媽媽在門口說。

他們三個人擠眉弄眼，庫爾特朝著他們偷笑，接著他們便離去了。

第九章　誰是真正的小偷？

次日早晨，威力強大的暴風雨籠罩著整座城市。庫爾特坐在窗戶邊，想知道天空是否不久後會放晴，否則鱷魚人就無法依照約定在磚瓦廠的小瓦屋碰面。

當庫爾特轉著輪椅進入廚房時，他爸爸正一邊看報紙一邊吃早餐。今天他輪午班。

庫爾特想從他爸爸手中拿走報紙，可是他爸爸不願意。他說：「義大利人才是闖空門的小偷，他們教唆小孩行竊。應該將他們遣送出境，然後一切就太平了。」

庫爾特說：「你在說什麼？」

「就是那些闖空門的小偷啊，終於逮到那些小偷了，是義大利人……是小孩。昨天晚上警察在郊區逮到六個小孩，他們帶著燒酒和香菸，還有一輛之前被偷走的全新腳踏車，所有的事情都寫在報紙上，但是這些小孩似乎不是單獨行竊，大家都知道，一定是大人指使小孩做壞事。」

「那又怎樣？」庫爾特問。

「什麼那又怎樣。」他爸爸粗魯的回答：「很明顯，他們被逮到時，沒有一個聽得懂德語，就像在工廠裡工作時一樣，他們如果不想聽懂，就裝作完全聽不懂，我的意思是，當他們不喜歡某項工作的時候，就會假裝聽不懂。」

庫爾特的爸爸最後還是把報紙遞給了他。報導內容並沒有比他爸爸說的更詳細。報紙上還刊登了一張義大利小孩的照片。庫爾特認出那個綁著黑色長辮子的女孩。報導還說，這些小孩告訴警察，他們從一輛停在田間小路、後門打開的車子裡拿走東西，腳踏車則斜靠在這輛沒人看管的車子上。

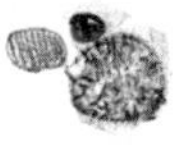

警方不相信這些小孩的話，他們取得搜索票進入義大利人的家裡蒐證，可是卻一無所獲。

贓物已經被警方扣留保管，這些小孩也被送回家，但是警方表示會持續偵辦這件案子。

庫爾特知道警方捉錯人，因為這些小孩只是順手牽羊，拿走早就被偷走的東西。庫爾特也知道這些小孩並不想變賣贓物。

他問爸爸：「對了，爸爸，假如有人偷拿原本就被別人偷走的東西，這樣也是偷竊的行為嗎？」

「你的問題還真奇怪。」

「我只是想問，這樣也犯法嗎？」庫爾特繼續問。

「不要再問這種莫名其妙的問題。」他爸爸說。

這時庫爾特的媽媽走進廚房，聽見父子倆的對話。她說：「一定是因為你老愛看這類的小說，才會想到這種問題。」

「可是某人偷走的東西，可能本來就已經是贓物了啊。」庫爾特依然窮追不捨。

庫爾特的媽媽思考了一會兒便說：「這倒是有可能。」

「媽媽，我想知道偷贓物是不是也犯法，會不會被判刑？」庫爾特又問。

外面的雨勢逐漸轉弱。

「今天一定又很熱，」他爸爸說：「我在工廠又得整天拿著焊接機。」

「會不會被判刑？當然有可能。不過你最好還是問你爸吧。」他媽媽說。

「別再問這種傻問題了，」他爸爸沒耐心的說：「就是那些小孩幹的，不用再問了。」

「可是如果警察弄錯了呢？」庫爾特說。

「警察不會弄錯，現在別再跟我胡說八道了。」他爸爸回答。

「但是整件事可能只是他們倒楣而已，」庫爾特不放棄：「這些小孩其實是清白無辜的，警察常常捉錯人。」

「庫爾特說的話也不是沒道理，」他媽媽說：「畢竟小孩無法破門闖入商店，他們還太小。」

「太小?!我只要聽見這兩個字就受不了。那就是小孩的父母教唆他們，要不然小朋友怎麼會有那些東西？總不可能是從天上掉下來的吧？你們現在別煩我了，我要去地下室清理櫃子。」

接著門鈴響了，是法蘭克。

法蘭克一開始拐彎抹角，不肯直話直說。直到他們兩個單獨在庫爾特房間時，他才說：「你們今天下午到小瓦屋聚會，表決該不該檢舉我哥的時候，我也要到場。」

「你今天有看到你哥了嗎？」庫爾特問。

「嗯，他沒去工作。他去看醫生，他走路一跛一跛的……萬一你射中他的肚子，甚至射中眼睛怎麼辦？」

「假如我不自我防衛，你想你哥會對我怎樣？」庫爾特反問。

法蘭克沉默不語。他從椅子上站起來，忐忑不安的在房間裡踱步，然後他問：「你們怎麼可以就這樣檢舉我哥？」

「為什麼不可以？你有沒有想過那些義大利小孩？他們怎麼辦？報紙上大肆刊登他們是小偷和闖空門的竊賊，你自己想想。」庫爾特說。

「他是我的親哥哥，怎麼可以這樣……」法蘭克喃喃自語。

「可惜事實就是這樣。」

「你們怎麼可以就這樣檢舉他。想也知道，他一定會被關起來……我爸爸如果知道了，一定會打死他。」法蘭克說著說著快哭了。

「難道那些義大利小孩就應該替他坐牢嗎？」庫爾特直視法蘭克說。

「如果我爸非常生氣，艾恭就會被揍得半死，說不定他還會丟掉工作，說不定他再也找不到工作了。」

「今天下午去小瓦屋吧，我們會好好商量，你一定要來，知道嗎？」庫爾特說。

「你太天真了。難道我應該贊成送我哥去坐牢嗎？你們根本不能要我這樣做。」

「不，沒有人要你這樣做，但是我們不想在你背後偷偷做決定。」庫爾特緩慢而中肯的說。

法蘭克離去之後，庫爾特難過得差點大哭。他想離開房間，向其他鱷魚人傾訴，但是他困在輪椅上無法動彈。過了幾分鐘之後，他媽媽進了房間，直截了當的問：「好了，你老實告訴我。昨天我壓根也不相信你被樹枝劃傷的意外。被樹枝劃到的傷痕不是這個樣子。說吧，到底發生什麼事。」她要兒子一定要坦白。

庫爾特起初結結巴巴，但是接下來就把昨天他和鱷魚人離開園遊會之後發生的所有事情經過，鉅細靡遺的告訴媽媽。當他說完之後，他還說：「義大利人不是小偷，他們是無辜的，他們只是拿了別人已經偷走的東西。」

他媽媽坐著一語不發。她不斷搖著頭，最後才說：「聽起來不太妙。」

「媽媽，我們現在該怎麼辦？該怎麼做？如果不檢舉他們三個，義大利人就會無辜坐牢。如果檢舉他們三個，我們就會失去法蘭克這個朋友。法蘭克是個很棒的人。」

「去問你爸吧。」她一邊說一邊無助的聳著肩膀。

「不能讓爸爸知道這件事，拜託別告訴他。」庫爾特說。

「你沒辦法永遠隱瞞下去，他遲早會曉得。為什麼你不願意告訴他呢？」她回答。

「如果是你，你會怎麼做？」庫爾特近乎乞求的問。

「我會報警檢舉，但是你最好和其他人商量一下。說不定你們會有辦法還義大利小孩的清白，同時又不必告發法蘭克他哥……但是闖空門就是闖空門、偷竊就是偷竊。」

吃午餐時庫爾特並不餓，不過他還是勉強喝了幾口湯，否則他媽媽又會擔心，說不定就不讓他出門。庫爾特並沒有把這件事告訴他爸爸。

下午，瑪莉和漢納斯過來接他。在前往磚瓦廠的途中，他把法蘭克來找他談判的經過告訴他們，並告訴他們他媽媽已經知道整件事。他認為讓大人知道真相，會比較有利。

當他們抵達小瓦屋時，所有鱷魚人統統到齊了。法蘭克坐在他的位置上，一臉愁雲慘霧的樣子。

歐拉夫說：「今天上午雨停了之後，我就來了這裡一趟。我去了對面的地下室，那裡面還有一堆東西。我把他們遺忘在屋前的一些箱子搬進了走廊。」

法蘭克也已經把上午和庫爾特的談話轉告給其它鱷魚人，所以大夥兒現在可以立刻進行表決。

歐拉夫跨著腳站在小瓦屋中央問道：「好，誰贊成報警檢舉？」

除了法蘭克之外，所有人都舉起手，但是沒有人料到庫爾特也沒有舉手。

「你也不贊成？」漢納斯問。

「不贊成……我們應該……」庫爾特結結巴巴，此刻他實在不知道該說什麼才好。

「他們對你下手，而且艾恭還侮辱你，你應該最贊成才對，」歐拉夫說：「你差點就沒命了。」

「可是要不要報警和我一點關係都沒有啊！」庫爾特反駁。只憑那些竊賊對他的態度決定是否應該報警，令他感到很尷尬。

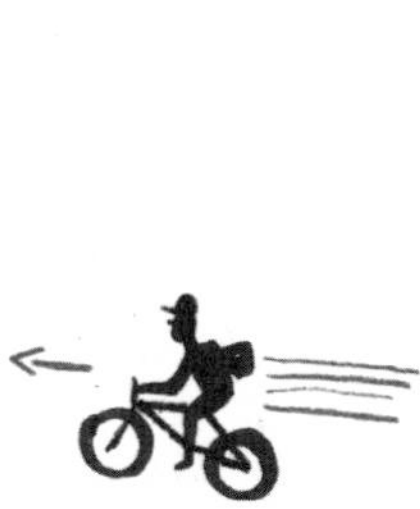

「他們太卑鄙了。」瑪莉喊道：「竟然欺負沒有能力抵抗的人，我們一定要檢舉他們！他們欺負弱小。」

這時大家萬萬沒想到，法蘭克忽然跳了起來尖叫：「這些畜生，要檢舉！不檢舉不行，他們應該被懲罰！」接著他嚎啕大哭，跌坐在板凳上。

他哭得無法自拔。

鱷魚人靜靜等待他恢復平靜。然後庫爾特說：「你們聽著，我有另一個建議，我們改變作法。現在我們一起去威廉街的警察局，告訴警察昨天目睹的事情，告訴他們義大利小孩和竊盜案無關。我們就說，我們看到真正的小偷從地下室搬出贓物，可是沒有認出他們的身分。我們就這樣說吧。」

庫爾特的建議令鱷魚人感到錯愕。他們商討了很久之後，覺得庫爾特的說法似乎還滿有說服力的，他們決定在不洩漏小偷身分的條件下提供警方線索。只有法蘭克還在繼續大叫：「你們在搞什麼？我們必須檢舉他們，就算我哥是其中一個小偷也一樣。庫爾特差點就被害死了。」

「可是我沒死啊。」庫爾特回答。

接著歐拉夫試著勸解：「聽著，我覺得庫爾特的建議挺不錯的。問題只出在警察會不會相信我們。」

「為什麼不相信？我們可以說，我們看見三個年輕男子從地下室搬出東西，堆到福特廂型車裡。當他們發現我們的時候，就急急忙忙的逃跑了，我們沒有認出這些人是誰，所以沒辦法檢舉。但是警察也不能再找那些義大利人的麻煩。」庫爾特說。

「好，就這麼做吧！」歐拉夫大聲說。

鱷魚人面有難色的聽從鱷魚幫老大的指示。他們並不確定庫爾特的建議是否正確。

到威廉街的警察局約有兩公里遠。鱷魚人個個心情沉重，在途中幾乎沒有交談。灰色而老舊的警察局，藏在一座半荒蕪的花園後面。當他們站在警察局前，突然喪失了勇氣。

鱷魚人在警察局入口階梯前排成一列，由坐在輪椅上的庫爾特帶頭，構成十分特殊的景象。

瑪莉問：「誰要進去？」

「讓我來吧。」歐拉夫果斷的說，之後便進入警局。

鱷魚人排列在原地等待。彷彿過了漫長的一世紀之久，他們才看見一樓的窗前有兩名警員露臉。他們目不轉睛的瞪著鱷魚人，彷彿出現在眼前的是動物園裡的動物。

接著這兩名警員從敞開的窗戶邊消失，一分鐘之後便從大門走出來，站在鱷魚人面前。歐拉夫尾隨在後。其中比較年長且身材略胖的警員問他們：「你們看見義大利小孩從福特小貨車裡拿走東西？而當時福特小貨車停在舊磚瓦廠的入口處？」

「是的。」鱷魚人好像聽到命令似的回答。庫爾特補充道：「不是福特小貨車，是福特廂型車。」

「噢！」身材發福的的警員說：「觀察得很仔細。所以那是一輛福特廂型車囉？」

「是的。」所有鱷魚人又好像聽到命令似的回答。

這名警員接著走向庫爾特並問：「你沒辦法走路嗎？」

瑪莉莽撞的回答：「難道您以為，他是因為好玩才坐在輪椅上嗎？」

「噢，這位年輕小姐，為什麼對我這麼有敵意呢？」警察微笑著說：「只不過是問一下而已嘛。」

「我們親眼看見事情的經過，我們可以發誓證明。」彼得一邊說，一邊用手捏著鼻尖。

這兩名警員又仔細盯著鱷魚幫少年，比較年輕的警員說：「那就跟我們進去做筆錄吧。」

瑪莉指著庫爾特說：「那他怎麼辦？」

「他也得一起進去。」比較年長的警員說。

「怎麼進去？」瑪莉問。

在警察局前的鱷魚人竊笑著。這兩名警員面面相覷，不知所措。比較年輕的那位最後終於說：「當然是把他抬進去。」

「喔，那就請您抬他進去吧。」瑪莉回答：「您這裡沒有輪椅專用的斜面坡道嗎？只有健康的人才會來這裡嗎？」

這兩名警員仍舊不知所措。瑪莉又問：「假如有人坐輪椅來報案，您怎麼處理？」

「在花園裡審問。」歐拉夫說。鱷魚人相視而笑。

「別再挑剔了，」較年長的警員高聲說：「進來吧，我們抬他進去。」

這兩名警員靠近庫爾特的時候有些遲疑，接著合力把他抬出輪椅，背著他上樓進入辦公室。之後較年輕的警員又下樓，和歐拉夫一起把輪椅抬進警察局。在審問室裡，庫爾特又被抬進輪椅。

這兩名警員開始做筆錄。

由歐拉夫陳述過程，鱷魚人只是在一旁點頭。

歐拉夫說，雖然他們看見了竊賊，可是並沒有認出他們。他鉅細靡遺的描述那些義大利小孩發現贓物的經過。因為這兩名警員露出無法置信的神情，所以歐拉夫最後還透露，磚瓦廠的舊辦公樓地下室裡還有一堆贓物。

為了確認歐拉夫所言是否屬實，警察局立刻派出一輛警車和兩名警員前往探查。

鱷魚人坐在審問室裡的一條長木凳上等待。

沒多久，前往探查的警員便以電話聯繫，確認歐拉夫所言不假。審問室裡的警員聽電話時只是不斷點頭，同時注視著坐在木凳上的鱷魚幫少年。

「嗯，嗯，」警員在電話中說：「了解，我們立刻派人封鎖現場。」

他站起來，跨著兩腳站在鱷魚幫少年面前。

「佩服佩服，你們立了大功。依據我們目前對全案的瞭解，你們剛才做筆錄時提供的線索全部與事實吻合，也就是說，如果我們捉到小偷，你們就可以拿到破案獎金。」

「我們現在可以走了嗎？」歐拉夫問。

「你們當然可以離開。」警員隨即問了坐在打字機前的同事：「我們有這些孩子的地址嗎？」

「有。」

「好，那你們現在可以離開了。」警員說完，就和同事合力把坐在輪椅上的庫爾特抬下樓，然後再抬到警察局外。

「如果有進一步發展，我們會再聯絡你們，」身材發福的警員說：「也就是說，我們會聯絡你們的家長。」

鱷魚人在回家途中經過舊磚瓦廠。那裡的大門敞開著，一輛警車橫擋在車道入口前。當他們繼續走了一百公尺左右，又碰見另一輛警車，停在另一個入口的大門前。

快到教堂廣場的時候，突然有一輛輕型機車朝著人行道急速衝過來，以致於他們必須閃到一邊，漢納斯和瑪莉還差點翻倒輪椅。機車騎士是卡爾利。當他經過鱷魚人身邊時，還露出冷笑。

「卑鄙的敗類。」漢納斯大喊。

在教堂廣場上，鱷魚人又聊起他們今天的經歷。

法蘭克冷不防的說：「謝謝你們沒有向警察透露任何姓名。現在應該沒事

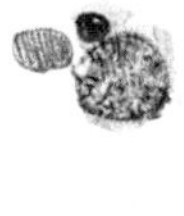

了，義大利小孩不必再背黑鍋，我哥也不必坐牢。」法蘭克顯得如釋重負。

庫爾特說：「你們回家以後，把事情的經過都告訴你們的爸媽吧。沒有必要再隱瞞了，因為只要警察登門拜訪，事情終究會曝光。」

在他們報警的八天之後，案情依然沒有新的進展。每天早上他們急切的翻開報紙，卻沒有發現關於警方是否掌握新線索的報導。

只有一回，庫爾特的爸爸在吃早餐時說：「警方說，偵察結果明確顯示那些義大利小孩並非小偷。報紙上已經登了這個消息。」

庫爾特的媽媽偷偷對兒子點頭示意。庫爾特沒有回答他爸爸。庫爾特思忖著他將如何運用破案獎金，或許他的父母可以買一輛特製腳踏車給他。說不定這筆錢夠用——先決條件是警方必須順利逮到竊賊。

過了一個禮拜，星期日上午十一點左右，漢納斯和瑪莉推著庫爾特去迷你高爾夫球場。鱷魚人這回約在那裡碰面。他們中途遇見獨自騎著輕型機車的艾恭。

當艾恭騎到他們身邊時，他停下來並對著庫爾特大呼小叫：「嘿，你這個花園侏儒，今天沒帶弓箭，就一副沒膽的樣子。你等著瞧，我一定會報仇，你這個陰險惡毒的傢伙。」

「你竟然還敢跟我們說話。」瑪莉回答。但是艾恭對他們擺出恐嚇的手勢，大喊說：「你給我閉嘴，不然我就扁你一頓，你這個蠢貨！」

「你滾吧，」庫爾特心平氣和的說：「你這個小偷。否則我們就真的去告發你們。」

艾恭驚訝的注視著庫爾特。瑪莉和漢納斯還來不及反應，艾恭就已經跳到庫爾特面前，狠狠推了輪椅一把。

庫爾特往右邊傾斜，可是沒有翻倒，因為圍籬上的鐵絲網把他擋住了。庫爾特陷在鐵絲網內動彈不得。

艾恭跳上他的輕型機車急馳而去。一切發生得太快，漢納斯和瑪莉根本來不及反應。不幸的是，輪椅右側的小前輪卡在鐵絲網內，單靠漢納斯和瑪莉的力量，根本無法讓庫爾特脫困。幸虧在森林養病的殘障人士恰巧路過，協助他們兩人幫庫爾特脫困。

其中一個殘障人士說：「你們要小心一點，天曉得還會發生什麼事。」

漢納斯和瑪莉因為情緒激動，所以忘了向這些年長的男士道謝。

當他們繼續往前走時，瑪莉說：「我們要報復，這個惡毒的傢伙，我們竟然還護著他……」

「不，瑪莉，我們護著的不是他，而是法蘭克。」庫爾特說。

「無論如何，我們要好好教訓他一頓。」瑪莉喊著。她問：「銀河系，你還有力氣散步嗎？」

漢納斯立刻了解她的意思。他回答：「當然，我體力一直都很好。」

接著他們繼續推著庫爾特經過迷你高爾夫球場，那裡還不見其他鱷魚人的蹤影。他們穿過森林，經過磚瓦廠，最後轉入威廉街。當庫爾特不斷重覆問他們卻得不到回答時，他才終於搞清楚他們想去的目的地。他說：「不行，你們不能這樣做，這對法蘭克不公平。」

「艾恭是怎麼對付你的？」當他們抵達警察局前方時，瑪莉問。

「你瘋了。」庫爾特說。

「不，她沒瘋，」漢納斯回答：「假如沒有鐵絲網，你一定早就翻倒了，你究竟還要容忍多久？」

「那法蘭克呢？他怎麼辦？」庫爾特問。

漢納斯聳聳肩膀。

瑪莉走進警察局。她才剛進去，兩名警員馬上就走出來，他們二話不說便把庫爾特連同輪椅一起扛到樓上，一言不發的把他帶入審問室。「或許我們真

的應該在樓梯旁設置斜坡道。」其中一位警員說。那個身材肥胖的警員正好在值班，他注視著這三個鱷魚人說：「你們說吧，我就知道你們之前沒講實話。」

「我們沒有騙您。」瑪莉說。

「對，你們沒有騙我，你們只是沒有把八天前就知道的真相全部說出來，兩者的結果是一樣的。」

接著瑪莉從頭開始說起，包括了鱷魚人的森林小屋、磚瓦廠內的小瓦屋、發現地下室的經過以及之後的種種觀察，她還說是庫爾特揭發了這一切。

他們又做了一次筆錄。

當瑪莉講完時，身材肥胖的警員說：「你們之前沒有說出來，是因為不想檢舉艾恭嗎？」

「不是。因為他弟弟法蘭克是我們的好朋友，所以我們不願說出來。」

「要證實他們犯案並不難。我們在竊案現場找到了指紋。」

接著漢納斯還遞給警員一張紙條。警員問他：「這是什麼？」

「我記下了福特廂型車的車號，就是他們用來搬走贓物的車。」

「做得好，」警員說：「你們現在可以回家了。」

在暑假倒數最後兩天，一輛挖土機、一輛推土機以及一個五人拆除小組抵達了舊磚瓦廠區，將老舊的樓房全部拆除。被挖土機倒滿的卡車，把瓦礫和破舊的磚塊載離廠區。工人在消防栓上接了水管，把水噴進磚牆，使拆除工程不致於產生大量塵埃。

推土機把一切夷為平地。

一些在森林養病的殘障人士在一旁觀看。鱷魚幫少年也不例外，只有法蘭克缺席。自從他的哥哥被警察拘捕，他爸便禁止他和鱷魚人來往。不過艾恭和他的兩個同夥被扣押一天之後又被釋放，因為他們還是青少年，他們正等著法

院開庭審問。

這時推土機拆毀了乾燥室的一根木柱。就在這根木柱如火柴一般折斷的同時，長條型的乾燥室也隨之傾圮，垮下的屋頂掩埋了一切。

「現在我們得在森林裡重建小木屋了。」歐拉夫說。

「我不想要小木屋了。」瑪莉回答。

其他鱷魚人沉默不語的注視著拆除工作。

「不管我們搭了什麼東西，最後都會被拆掉。」漢納斯說。

風向改變之後，淺色塵埃有如成團煙霧，飄浮在他們的頭頂上。於是鱷魚人踏上歸途。他們在迷你高爾夫球場跟彼此道別。一如往常，瑪莉和漢納斯推著庫爾特回家，但是他們在庫爾特的家門前得到一個驚喜。

法蘭克站在那裡，當他看見他們三人時，不禁感到有些難為情，不知道他的手要往哪裡擺。最後他說：「庫爾特，我想來看你。」

「那就進去吧。」庫爾特回答。法蘭克起先有點猶豫，接著他幫忙把庫爾特推進家裡。當瑪莉和漢納斯道別離去之後，法蘭克說：「現在我爸知道所有的事情了，我是指艾恭對付你的行為。我把所有的事情都告訴我爸了。他非常憤怒，若不是艾恭跑掉了，他還真想把他打成爛泥。」

「嗯，你覺得這樣對他有用嗎？」庫爾特問。

「我哥現在簡直判若兩人。他現在還會烘焙麵包。我爸沒收了他的輕型機車，他說要把它賣掉，因為法院審判之後可能有很多罰金要繳。」

「為什麼艾恭不親自向我道歉，為什麼是你代替他來呢？」

「他不敢。」

之後他們倆還一同坐在庫爾特的特製書桌前，法蘭克試著在紙上畫水彩畫。沉默了好長一段時間之後，法蘭克說：「破案獎金原本會平分給我們所有人，可是我爸說我們不該接受獎金，我們應該把錢送給你爸媽，好讓他們幫你

買一輛特製腳踏車。」

庫爾特驚訝的抬頭說：「你爸真的這樣說？」

「是啊，我爸是這樣說的。」法蘭克回答。

「謝謝你爸的好意。但是我爸媽一定不會收下，因為他們對這種事很敏感，他們不喜歡接受別人送的東西。」

「我爸說他想和你爸談談。」法蘭克說。

然後他們一語不發，繼續靜靜的畫圖。

最後法蘭克說：「如果所有鱷魚人都同意，說不定你爸媽會收下這筆錢。我們召集鱷魚人來開個會吧。」

「也就是說，你現在又回到鱷魚幫了嗎？你不再生我們的氣了？」

「我從來就沒有生你們的氣。」法蘭克回答。

當法蘭克站在門口準備回家時，他問：「對了，我可以再來找你嗎？」

「當然，你永遠都可以來找我。鱷魚人當中，最會操作輪椅的就是你了。」

「沒錯。那我就告訴歐拉夫，我們要開會討論破案獎金的事。」法蘭克說。

「嗯，在哪裡啊？」庫爾特問。

「哪裡？說得也是！要在哪裡開會？」

「我們必須再搭一間小木屋。」庫爾特說。

「沒錯，我們得再搭一間小木屋。」法蘭克說完便離去了。

學校開課之後的一個禮拜，鱷魚幫少年在森林管理員的同意之下又搭造了一間森林小木屋。

這次，其他殘障人士也一起協助他們。

少年天下系列 02

少年鱷魚幫

作　者｜麥斯．范德葛林
譯　者｜洪清怡

責任編輯｜沈奕伶
封面插畫｜達姆
美術設計｜小子

發 行 人｜殷允芃
創辦人兼執行長｜何琦瑜
副總經理｜林彥傑
總監｜林欣靜
版權專員｜何晨瑋、黃微真

出版者｜親子天下股份有限公司
地址｜台北市 104 建國北路一段 96 號 4 樓
電話｜（02）2509-2800　傳真｜（02）2509-2462
網址｜www.parenting.com.tw
讀者服務專線｜（02）2662-0332　週一～週五：09:00~17:30
讀者服務傳真｜（02）2662-6048
客服信箱｜bill@cw.com.tw
法律顧問｜台英國際商務法律事務所 ‧ 羅明通律師
製版印刷｜中原造像股份有限公司
總經銷｜大和圖書有限公司　電話：（02）8990-2588

出版日期｜2012 年 6 月第一版第一次印行
　　　　　2021 年 8 月第一版第二十三次印行
定　價｜250 元
書　號｜BCKNF002P
I S B N｜978-986-241-534-4（平裝）

訂購服務

親子天下 Shopping｜shopping.parenting.com.tw
海外．大量訂購｜parenting@cw.com.tw
書香花園｜台北市建國北路二段 6 巷 11 號　電話（02）2506-1635
劃撥帳號｜50331356 親子天下股份有限公司

少年鱷魚幫／麥斯．范德葛林 著；洪清怡 譯
-- 第一版. -- 台北市：天下雜誌, 2012.06
216 面；14.8x21 公分. --（少年天下系列；2）
譯自：Vorstadtkrokodile
ISBN 978-986-241-534-4（平裝）

875.59　　101009929